MAKTUB

OTROS TÍTULOS DE PAULO COELHO

El Alquimista

El Demonio y la señorita Prym

El Peregrino

Las Valkirias

A orillas del río Piedra me senté y lloré

La Quinta Montaña

Veronika decide morir

Manual del guerrero de la luz

Once minutos

El Zahir

La bruja de Portobello

Brida

El vencedor está solo

Aleph

El manuscrito encontrado en Accra

Adulterio

La espía

Hippie

El arquero

MAKTUB

PAULO COELHO

Traducción de Jacqueline Santos Jiménez

HarperCollins *Español*

MAKTUB. Copyright © 1994 de Paulo Coelho. Todos los derechos reservados. Impreso en los Estados Unidos de América. Ninguna sección de este libro podrá ser utilizada ni reproducida bajo ningún concepto sin autorización previa y por escrito, salvo citas breves para artículos y reseñas en revistas. Para más información, póngase en contacto con HarperCollins Publishers, 195 Broadway, New York, NY 10007.

Los libros de HarperCollins Español pueden ser adquiridos para propósitos educativos, empresariales o promocionales. Para más información, envíe un correo electrónico a SPsales@harpercollins.com.

Título original: *Maktub*

Publicado en portugués por Editora Paralela, Brasil, en 1994

Traducción: Jacqueline Santos Jiménez

PRIMERA EDICIÓN DE HARPERCOLLINS ESPAÑOL

Diseñado por Kyle O'Brien

Este libro ha sido debidamente catalogado en la Biblioteca del Congreso de los Estados Unidos.

ISBN 978-0-06-335882-9

24 25 26 27 28 LBC 7 6 5 4 3

*Oh, María, sin pecado concebida,
ruega por nosotros, que recurrimos a Ti. Amén.*

Para Nhá Chica, Patrícia Casé, Edinho y Alcino Leite Neto

Yo te alabo, oh Padre, Señor del cielo y de la tierra, porque escondiste estas cosas de los sabios y entendidos, y las has revelado a los niños.

Lucas 10, 21

Antes de empezar

Maktub no es un libro de consejos, sino un intercambio de experiencias.

En gran parte, se compone de las enseñanzas de mi maestro, en el transcurso de once largos años de convivencia. Otros textos son relatos de amigos o de personas con quienes me crucé alguna vez, pero que me dejaron un mensaje inolvidable. Finalmente, están los libros que leí e historias que, como dice el jesuita Anthony de Mello, pertenecen a la herencia espiritual de la raza humana.

Maktub nació de una llamada telefónica de Alcino Leite Neto, entonces director de la sección «Ilustrada» en la *Folha de S. Paulo*. Yo estaba en Estados Unidos y recibí la propuesta sin saber exactamente lo que iba a escribir. Pero el reto era estimulante, y decidí seguir adelante; vivir es correr riesgos.

Al ver cuánto trabajo era, casi me rindo. Para colmo, como necesitaba viajar para promocionar mis libros en el extranjero, la columna diaria se convirtió en un tormento. Sin embargo, las señales me decían que continuara: llegaba la carta de algún lector, un amigo hacía algún un comentario, alguien me mostraba los recortes guardados en su cartera.

Lentamente, fui aprendiendo a ser objetivo y directo en el texto. Me vi obligado a hacer relecturas que siempre había aplazado, y el placer de este reencuentro era enorme.

Comencé a anotar con más cuidado las palabras de mi maestro. En fin, comencé a ver todo lo que sucedía a mi alrededor como un motivo para escribir *Maktub*; y esto me enriqueció de tal manera que hoy estoy agradecido por esta tarea diaria.

Para este volumen, seleccioné textos publicados en la *Folha de S. Pablo* entre el 10 de junio de 1993 y el 11 de junio de 1994. Las columnas sobre el guerrero de la luz no forman parte de este libro: fueron publicadas en el *Manual del guerrero de la luz*.

En el prefacio de uno de sus libros de cuentos, Anthony de Mello comenta: «Mi tarea fue apenas teclear; no tengo el mérito del tejido y el hilo».

Ni yo tampoco.

Paulo Coelho

El viajero está sentado en medio del campo, mirando una casa humilde frente a él. Ya estuvo allí antes, con algunos amigos, y en ese entonces todo lo que consiguió notar fue la semejanza entre el estilo de la casa y el de un arquitecto español, que vivió hace muchos años y que jamás puso un pie en aquel lugar.

La casa queda cerca de Cabo Frío, en Río de Janeiro, y está toda construida con trozos de vidrio. Su dueño, Gabriel, soñó en 1899 con un ángel que le decía: «Construye una casa con trozos». Gabriel comenzó a coleccionar ladrillos rotos, platos, adornos y botellas partidas. «Cada pedacito transformado en belleza», decía Gabriel de su trabajo. Durante los primeros cuarenta años, los lugareños aseguraban que estaba loco. Después, algunos turistas descubrieron la casa y comenzaron a traer a sus amigos; Gabriel se convirtió en un genio. Pero la novedad pasó, y Gabriel volvió al anonimato. Sin embargo, siguió construyendo; a los noventa y tres años colocó el último trozo de vidrio. Y murió.

El viajero enciende un cigarro; fuma en silencio. Hoy no está pensando en el parecido entre la casa de Gabriel y la arquitectura de Gaudí. Mira los trozos, reflexiona sobre su propia existencia. Como la de cualquier persona, la suya está hecha de trozos de todo lo que ha pasado. Pero, en determinado momento, estos fragmentos comienzan a tomar forma.

Y el viajero recuerda un poco de su pasado, viendo los papeles en su regazo. Ahí están algunos pedazos de su vida: situaciones que vivió, fragmentos de libros que siempre recuerda, enseñanzas de su maestro, historias de sus amigos, fábulas que alguna vez le contaron. Ahí están las reflexiones sobre su tiempo y sobre los sueños de su generación.

De la misma manera que un hombre soñó con un ángel y construyó la casa que está frente a sus ojos, él intenta ordenar estos papeles, para comprender su propia construcción espiritual. Recuerda que, cuando era niño, leyó un libro de Malba Tahan llamado ¡*Maktub!* y piensa:

«¿Debería hacer lo mismo?».

Dice el maestro:

Cuando presentimos que ha llegado la hora de cambiar, comenzamos —inconscientemente— a repasar una película que muestra nuestras derrotas hasta ese momento.

Está claro que, a medida que nos hacemos más viejos, nuestra cuota de momentos difíciles es mayor. Pero, al mismo tiempo, la experiencia nos ha dado medios para superar estas derrotas y encontrar el camino que nos permite seguir adelante. También es necesario colocar esta cinta en nuestra videocasetera mental.

Si solo vemos la cinta de la derrota, nos vamos a quedar paralizados. Si solo vemos la cinta de la experiencia, terminaremos por juzgarnos más sabios de lo que realmente somos.

Necesitamos las dos cintas.

IMAGINA UNA ORUGA. Pasa gran parte de su vida en el suelo, mirando a los pájaros, indignada con su destino y con su forma. «Soy la más despreciable de las criaturas», piensa. «Fea, repulsiva, condenada a arrastrarme por la tierra».

Un día, sin embargo, la Naturaleza le pide que haga un capullo. La oruga se asusta: nunca antes ha hecho un capullo. Piensa que está construyendo su tumba y se prepara para morir. Aunque indignada con la vida que ha llevado hasta entonces, reclama nuevamente a Dios.

«Cuando finalmente me acostumbré, el Señor me quita lo poco que tengo».

Desesperada, se encierra en el capullo y espera el final.

Algunos días después, se ve transformada en una linda mariposa. Puede pasear por los cielos y ser admirada por los hombres. Se sorprende con el sentido de la vida y con los designios de Dios.

Un extranjero buscó al padre Pastor en el monasterio de Sceta.

—Quiero mejorar mi vida —dijo—. Pero no consigo dejar de pensar en cosas pecaminosas.

El padre Pastor se dio cuenta de que allá afuera venteaba y dijo al extranjero:

—Hace mucho calor aquí. ¿Podrías tomar un poco de viento de allá afuera y traerlo para refrescar la sala?

—Eso es imposible —dijo el extranjero.

—De la misma forma, es imposible dejar de pensar en cosas que ofenden a Dios —respondió el padre—. Pero, si sabes decir que no a las tentaciones, estas no te causarán ningún mal.

Dice el maestro:

Si existe alguna decisión por ser tomada, es mejor avanzar y atenerse a las consecuencias. Tú no sabes de antemano cuáles serán estas consecuencias.

Todas las artes adivinatorias fueron hechas para aconsejar al hombre, jamás para prever el futuro. Son excelentes consejeras, pero pésimas profetisas.

Dice la oración que Jesús nos enseñó: «Hágase Tu Voluntad». Cuando esta Voluntad muestra un problema, trae consigo una solución.

Si las artes adivinatorias consiguieran ver el futuro, todos los adivinos serían ricos, felices y estarían casados.

El discípulo se acercó al maestro:

—Durante años busqué la iluminación —dijo—. Siento que estoy cerca. Quiero saber cuál es el próximo paso.

—¿Cómo consigues tu sustento? —preguntó el maestro.

—Todavía no he aprendido a mantenerme; mi padre y mi madre me ayudan. En todo caso, estos son solo detalles.

—El próximo paso es mirar el sol por medio minuto —dijo el maestro.

El discípulo obedeció.

Cuando acabó, el maestro le pidió que describiera el paisaje a su alrededor.

—No consigo verlo, el brillo del sol ofuscó mis ojos —respondió el discípulo.

—Un hombre que solo busca la luz, y deja sus responsabilidades a otros, termina sin encontrar la iluminación. El hombre que mantiene sus ojos fijos en el sol acaba por quedarse ciego —dijo el maestro.

Un hombre caminaba por un valle de los Pirineos cuando encontró a un viejo pastor. Compartió con él su alimento, y se quedaron largo tiempo conversando sobre la vida.

El hombre decía que, si creyera en Dios, tendría que creer también que no era libre, ya que Dios gobernaría cada uno de sus pasos.

El pastor entonces lo llevó hasta un desfiladero, donde se podía escuchar, con toda nitidez, el eco de cualquier ruido.

—La vida son estas paredes y el destino, el grito de cada uno —dijo el pastor—. Todo lo que hagamos será llevado hasta Su corazón, y nos será devuelto de la misma forma.

«Dios acostumbra actuar como el eco de nuestras acciones».

«Maktub» quiere decir «está escrito». Para los árabes, «está escrito» no es la mejor traducción porque, aunque todo ya está escrito, Dios es misericordioso, y solo gastó su pluma y su tinta para ayudarnos.

El viajero está en Nueva York. Despertó tarde para una cita y, cuando sale, descubre que su carro fue remolcado por la policía.

Llega después de la hora acordada, la comida se prolonga más de lo necesario, piensa en la multa, que costará una fortuna. De repente, recuerda el billete de un dólar que encontró el día anterior. Establece una relación extraña entre aquel billete y lo que sucedió por la mañana. «¿Quién sabe si tomé el billete antes de que la persona correcta lo encontrara? ¿Quién sabe si quité ese dólar del camino de alguien que lo necesitaba? ¿Quién sabe si no interferí con lo que estaba escrito?».

Necesitaba liberarse del billete. En ese momento, ve a un mendigo sentado en el suelo. Le entrega rápidamente el dólar.

—Un momento —dice el mendigo—. Soy un poeta, quiero pagarle con un poema.

—Uno corto porque llevo prisa —responde el viajero.

El mendigo dice:

—Si continuas vivo, es porque todavía no has llegado a donde debes.

El discípulo dijo al maestro:

—He pasado gran parte de mi día pensando cosas que no debía pensar, deseando cosas que no debía desear, haciendo planes que no debía hacer.

El maestro invitó al discípulo a pasear por el bosque cerca de su casa. En el camino, señaló una planta y preguntó al discípulo si sabía lo que era.

—Belladona —dijo el discípulo—. Puede matar a quien coma sus hojas.

—Pero no puede matar a quien simplemente la contempla —dijo el maestro—. De esta manera, los deseos negativos no te pueden causar ningún mal si no te dejas seducir por ellos.

ENTRE FRANCIA Y ESPAÑA existe una cadena de montañas. En una de estas montañas hay una aldea llamada Argelès. En esta aldea hay una ladera que lleva hasta el valle.

Todas las tardes un viejo sube y desciende esta ladera.

Cuando el viajero fue a Argelès por primera vez, no se fijó en nada. La segunda vez, vio que un hombre se cruzaba con él siempre. Y cada vez que iba a aquella aldea, notaba más detalles —la ropa, la boina, el bastón, los lentes—. Hoy en día, siempre que piensa en la aldea, piensa también en el viejito, aunque este no lo sepa.

Solo una vez el viajero conversó con él.

En tono de broma, preguntó:

—¿Será que Dios vive en estas montañas a nuestro alrededor?

—Dios vive—respondió el viejito—en los lugares donde Lo dejan entrar.

Cierta noche, el maestro se encontró con sus discípulos y les pidió que encendieran una hoguera para que pudiesen conversar.

—El camino espiritual es como el fuego que arde frente a nosotros —dijo—. Un hombre que desee encenderlo tiene que reconciliarse con el desagradable humo, que vuelve la respiración difícil y arranca lágrimas de los ojos.

Así es la reconquista de la fe.

—Sin embargo, una vez que el fuego está encendido, el humo desaparece, y las llamas iluminan todo alrededor, brindándonos calor y calma.

—¿Y si alguien enciende el fuego para nosotros? —preguntó uno de los discípulos—. ¿Y si alguien nos ayuda a evitar el humo?

—Si alguien así lo hiciera, sería un falso maestro. Que puede llevar el fuego para donde quiera, o apagarlo a la hora que desee. Y, como no enseñó a nadie a encenderlo, es capaz de dejar a todo mundo en la oscuridad.

Una amiga tomó a sus tres hijos y decidió irse a vivir en una pequeña granja en el interior de Canadá.

Quería dedicarse solamente a la contemplación espiritual.

En menos de un año se enamoró, se casó de nuevo, estudió las técnicas de meditación de los santos, luchó por una escuela para sus hijos, hizo amigos, hizo enemigos, descuidó su tratamiento dental, tuvo un absceso, hizo *autostop* bajo tempestades de nieve; aprendió a reparar el carro, a descongelar las tuberías, a estirar el dinero de la pensión hasta fin de mes, a vivir del seguro de desempleo, a dormir sin calefacción, a reír sin motivo, a llorar de desesperación, a construir una capilla, a hacer reparaciones en la casa, a pintar paredes, a dar cursos sobre contemplación espiritual.

—Y terminé entendiendo que la vida en oración no significa aislamiento —dice—. El amor de Dios es tan grande que necesita ser dividido.

—Cuando comiences tu camino, encontrarás una puerta con una frase escrita en ella —dice el maestro—. Regresa y cuéntame qué dice esa la frase.

El discípulo se entrega en cuerpo y alma a su búsqueda. Un día, ve la puerta y regresa con el maestro.

—Estaba escrito en el comienzo del camino: «Esto no es posible» —dice.

—¿Dónde estaba escrito eso, en un muro o en una puerta? —pregunta el maestro.

—En una puerta —responde el discípulo.

—Bueno, pon tu mano en el pomo de la puerta y ábrela.

El discípulo obedece. Como la frase está pintada en la puerta, también se mueve con él. Con la puerta completamente abierta, ya no puede ver la frase y sigue adelante.

Dice el maestro:

Cierra los ojos. Ni siquiera necesitas cerrar los ojos. Basta con que imagines la siguiente escena: una bandada de pájaros volando. Bien, ahora dime ¿cuántos pájaros ves?, ¿cinco? ¿Once? ¿Diecisiete?

Cualquiera que sea la respuesta —y difícilmente alguien podría decir el número exacto—, algo queda muy claro en este pequeño experimento. Puedes imaginar una bandada de pájaros, pero el número de las aves se escapa de tu control. Sin embargo, la escena es clara, definida, exacta. En algún lugar está la respuesta a esta pregunta.

¿Quién definió cuántos pájaros debían aparecer en la escena? No fuiste tú.

Un hombre decidió visitar a un ermitaño que vivía cerca del monasterio de Sceta. Después de caminar sin rumbo por el desierto, terminó encontrando al monje.

—Necesito saber cuál es el primer paso que se debe dar en el camino espiritual —dijo.

El ermitaño lo llevó hasta un pequeño pozo y le pidió que mirara su reflejo en el agua. El hombre obedeció, pero el ermitaño comenzó a lanzar piedrecitas en el agua, haciendo que su superficie se moviera.

—No podré ver claramente mi rostro mientras usted siga lanzando piedras —dijo el hombre.

—Así como es imposible para un hombre ver su rostro en aguas turbulentas, también es imposible buscar a Dios si la mente está ansiosa con lo que busca —dijo el monje—. Este es el primer paso.

En la época en la que el viajero practicaba meditación budista zen, había un momento en el que el maestro iba hasta la esquina del *dojo* (lugar donde los discípulos se reunían) y regresaba con una varita de bambú.

Ciertos alumnos, que no habían logrado concentrarse bien, levantaban la mano: el maestro se acercaba y daba tres golpes en cada hombro.

El primer día, eso le pareció medieval y absurdo.

Más tarde el viajero entendió que muchas veces es necesario poner en el plano físico el dolor espiritual, para ver el daño que esta causa. En el camino de Santiago, aprendió un ejercicio que consistía en clavar una uña del índice en el pulgar cuando pensara en algo perjudicial.

Las terribles consecuencias de los pensamientos negativos son percibidas muy tarde. Pero, haciendo que esos pensamientos se manifiesten en el plano físico a través del dolor, entendemos el mal que nos causan.

Y terminamos por evitarlos.

Un paciente de treinta y dos años buscó al terapeuta Richard Crowley:

—No puedo dejar de chuparme el dedo —dijo.

—No le des importancia —respondió Crowley—. Pero chúpate un dedo diferente cada día de la semana.

A partir de este momento, cada vez que se llevaba la mano a la boca, el paciente instintivamente se veía obligado a escoger el dedo que sería objeto de su atención aquel día. Antes de que la semana terminase, estaba curado.

—Cuando el mal se vuelve un hábito, se hace difícil lidiar con él —cuenta Richard Crowley—. Pero, cuando pasa a exigirnos actitudes nuevas, decisiones, elecciones, entonces tomamos conciencia de que no vale tanto esfuerzo.

En la antigua Roma, un grupo de hechiceras conocidas como las Sibilas escribió nueve libros que contaban el futuro de Roma. Llevaron los nueve libros ante Tiberio.

—¿Cuánto cuestan?

—Cien monedas de oro —respondieron las Sibilas.

Indignado, Tiberio las expulsó. Las Sibilas quemaron tres libros y volvieron con los seis restantes:

—Continúan costando cien monedas —dijeron.

Tiberio rio y no aceptó: ¿pagar por seis libros lo mismo que pagaría por nueve?

Las Sibilas quemaron otros tres libros y volvieron con los tres restantes:

—Siguen costando cien monedas de oro —dijeron.

Tiberio, mordido por la curiosidad, terminó por pagar. Pero solo pudo leer una parte del futuro de su imperio.

Dice el maestro:

«Es parte del arte de vivir no regatear con la oportunidad».

Las palabras son de Rufus Jones:

No me interesa construir nuevas torres de Babel usando como disculpa la idea de que necesito llegar hasta Dios.

Estas torres son abominables, algunas están hechas de cemento y ladrillos; otras, con pilas de textos sagrados. Algunas fueron construidas con viejos rituales, y muchas otras con las nuevas pruebas científicas de la existencia de Dios.

Todas estas torres, que nos obligan a escalarlas desde una base oscura y solitaria, pueden darnos una visión de la Tierra, pero no nos conducen al cielo.

Lo único que conseguimos es la misma vieja confusión de lenguas y emociones.

Los puentes hacia Dios son la fe, el amor, la alegría y la oración.

Dos rabinos intentan de todas las maneras llevar el consuelo espiritual a los judíos en la Alemania nazi. Durante dos años, aunque muertos de miedo, engañan a sus perseguidores y ofician ceremonias religiosas en varias comunidades.

Finalmente, caen presos. Uno de los rabinos, lleno de pavor por lo que pueda suceder de ahí en adelante, no para de rezar. El otro, al contrario, pasa el día entero durmiendo.

—¿Por qué actúas así? —pregunta el rabino asustado.

—Para ahorrar mis fuerzas. Sé que las voy a necesitar a partir de ahora —dice el otro.

—¿Pero no tienes miedo? ¿No sabes lo que nos puede suceder?

—Tuve miedo hasta el momento de la prisión. Ahora que estoy preso, ¿de qué sirve temer lo que ya sucedió?

El tiempo del miedo terminó; ahora comienza el tiempo de la esperanza.

Dice el maestro:

Voluntad. Es una palabra que la gente debería poner bajo sospecha durante algún tiempo.

¿Cuáles son las cosas que no hacemos porque no tenemos voluntad, y cuáles las que no hacemos porque son arriesgadas?

Es un ejemplo de lo que confundimos con «falta de voluntad»: hablar con desconocidos. Sea una conversación, un simple contacto, un desahogo, rara vez conversamos con desconocidos.

Y siempre creemos que «fue mejor así».

Terminamos sin ayudar y sin ser ayudados por la Vida.

Nuestra distancia nos hace parecer muy importantes, muy seguros de nosotros mismos. Pero, en la práctica, no estamos dejando que la voz de nuestro ángel se manifieste a través de la boca de los otros.

Un viejo ermitaño fue invitado cierta vez a la corte del rey más poderoso de aquella época.

—Envidio al santo que se contenta con tan poco —dijo el rey.

—Yo envidio a vuestra majestad, que se contenta con menos que yo —respondió el ermitaño.

—¿Cómo me dices eso, si todo este país me pertenece? —dijo el rey, ofendido.

—Justamente —dijo el viejo ermitaño—. Yo tengo la música de las esferas celestes, tengo los ríos y las montañas del mundo entero, tengo la luna y el sol, porque tengo a Dios en mi alma. Vuestra majestad, sin embargo, solo tiene este reino.

—Vamos hasta la montaña donde mora Dios —comentó un caballero a su amigo—. Quiero probar que Él solo sabe pedir y nada hace para aliviar nuestro fardo.

—Pues yo voy para demostrar mi fe —dijo el otro.

Llegaron por la noche a lo alto del monte y escucharon una voz en la oscuridad:

—¡Montad vuestros caballos cargando las piedras del suelo!

—¿Viste?—dijo el primer caballero—. Después de tanto subir, todavía nos hace cargar más peso. ¡Jamás obedeceré!

El segundo caballero hizo lo que la voz decía. Cuando terminaron de descender el monte, llegó la aurora y los primeros rayos de sol iluminaron las piedras que el caballero piadoso había recogido: eran diamantes purísimos.

Dice el maestro:

«Las decisiones de Dios son misteriosas, pero siempre están a nuestro favor».

DICE EL MAESTRO:

Querido mío, necesito darte una noticia de la que tal vez aún no te hayas enterado. Pensé en suavizarla, pintarla con los colores más brillantes, llenarla con promesas de Paraíso, visiones del Absoluto, explicaciones esotéricas, pero, aunque todo esto existe, no viene al caso ahora.

Respira profundo y prepárate. Me veo obligado a ser directo y franco, y puedo asegurarte que tengo la absoluta certeza de lo que estoy diciendo. Es una previsión infalible, sin ningún margen para dudas.

La noticia es la siguiente: vas a morir.

Puede ser mañana, puede ser dentro de cincuenta años, pero, tarde o temprano, vas a morir. Aunque no estés de acuerdo. Aunque tengas otros planes.

Piensa cuidadosamente en lo que harás hoy. Y mañana. Y el resto de tus días.

Un explorador blanco, ansioso por llegar pronto a su destino en el corazón de África, pagaba un salario extra a sus porteadores nativos para que caminaran más deprisa. Durante varios días, los porteadores apuraron el paso.

Cierta tarde, sin embargo, todos se sentaron en el suelo y depositaron sus fardos, rehusándose a continuar. Por más dinero que les ofrecía, los nativos no se movían. Cuando, finalmente, el explorador pidió una explicación para tal comportamiento, obtuvo la siguiente respuesta:

—Vamos demasiado rápido y ya no sabemos lo que hacemos. Ahora necesitamos esperar hasta que nuestras almas nos alcancen.

Nuestra Señora, con el Niño Jesús en brazos, bajó a la Tierra a visitar un monasterio.

Orgullosos, los monjes se formaron para honrarla; uno recitó poemas, otro mostró iluminaciones de la Biblia, otro enumeró los nombres de los santos.

Al final de la fila estaba un humilde sacerdote que no había tenido la oportunidad de aprender de los sabios de la época.

Sus padres eran gente humilde, que trabajaba en un circo. Cuando llegó su turno, los monjes quisieron finalizar las ofrendas, por temor a que comprometiese la imagen del monasterio.

Pero él también quería demostrar su amor por la Virgen. Avergonzado, sintiendo la mirada de desaprobación de sus hermanos, se sacó unas naranjas del bolsillo y comenzó a lanzarlas al aire, haciendo los malabares que sus padres le habían enseñado en el circo.

Fue solo entonces que el Niño Jesús sonrió, aplaudiendo de alegría. Y solo hacia él la Virgen extendió los brazos, dejándolo sostener por un momento a su hijo.

No busques ser coherente todo el tiempo. Al final, san Pablo dijo que «la sabiduría del mundo es locura frente a Dios».

Ser coherente es usar siempre la corbata combinada con los calcetines. Es verse obligado a tener, mañana, las mismas opiniones que uno tenía hoy. Y el movimiento del mundo ¿dónde queda?

Siempre que no perjudiques a nadie, cambia de opinión de vez en cuando, y cae en contradicciones sin avergonzarte de ellas.

Estás en tu derecho. No importa lo que los otros piensen, porque lo pensarán de todos modos.

Por eso, relájate. Deja al Universo moverse a su voluntad, descubre la alegría de ser una sorpresa para ti mismo.

«Dios escogió las cosas locas del mundo para avergonzar a los sabios», dice San Pablo.

Dice el maestro:

Hoy sería bueno hacer algo fuera de lo común.

Podemos, por ejemplo, bailar en la calle mientras caminamos hacia el trabajo. Mirar a los ojos a un desconocido y hablar de amor a primera vista. Dar al jefe una idea que puede parecer ridícula, pero en la que creemos. Comprar un instrumento que siempre hemos querido tocar, y nunca nos arriesgamos. Los guerreros de la luz se permiten tales días.

Hoy podemos llorar algunas de las tristezas antiguas que aún tenemos apresadas en la garganta. Llamaremos por teléfono a alguien con quien juramos no hablar nunca más (pero de quien desearíamos escuchar un mensaje en nuestro buzón de voz). Hoy puede ser considerado un día fuera de la bitácora que escribimos todas las mañanas.

Hoy, cualquier falla se admitirá y perdonará. Hoy es el día de tener alegría en la vida.

El científico Roger Penrose caminaba con algunos amigos conversando animadamente. Guardaron silencio solo un momento, para atravesar la calle.

—Recuerdo que se me ocurrió un pensamiento inconcebible mientras cruzaba —cuenta Penrose—. Sin embargo, en cuanto llegamos a la otra acera, retomamos el asunto y no pude recordar lo que había pensado unos segundos antes.

Al final de la tarde Penrose comenzó a sentirse eufórico sin entender por qué.

—Tenía la sensación de que algo importante se me había revelado —dice.

Decidió recapitular cada minuto del día, y, al recordar el momento en que cruzaba la calle, la idea volvió. Esta vez consiguió escribirla.

Era la teoría de los agujeros negros, una verdadera revolución en la física moderna. Y volvió a surgir porque Penrose fue capaz de recordar el silencio que siempre guardamos al cruzar la calle.

San Antonio vivía en el desierto cuando se le acercó un joven:

—Padre, vendí todo lo que tenía y se lo di a los pobres. Guardé unas pocas cosas para ayudarme a sobrevivir aquí. Me gustaría que me enseñara el camino de la salvación.

San Antonio pidió al muchacho que vendiera las pocas cosas que había guardado y, con el dinero, comprara carne en la ciudad. A su regreso, debía traer la carne amarrada a su cuerpo.

El muchacho obedeció. Al regresar, fue atacado por perros y halcones, que querían un pedazo de carne

—Aquí me tiene de vuelta —dijo el muchacho mostrando el cuerpo arañado y las ropas en harapos.

—Aquellos que dan un paso adelante y aún quieren mantener un poco de su antigua vida terminan despedazados por el propio pasado —fue el comentario del santo.

Dice el maestro:

Vive todas las gracias que Dios te dio hoy. La gracia no se puede economizar. No existe un banco donde depositar las gracias recibidas, para utilizarlas según nuestra voluntad. Si no aprovechas esas bendiciones, se perderán irremediablemente.

Dios sabe que somos artistas de la vida. Un día nos da moldes para esculturas, otro día nos da pinceles y lienzo, o una pluma para escribir. Pero jamás conseguiremos usar los moldes en el lienzo o las plumas en esculturas.

Cada día su milagro. Acepta las bendiciones, trabaja y crea tus pequeñas obras de arte hoy.

Mañana recibirás más.

El monasterio en la orilla del río Piedra está rodeado por una hermosa vegetación; verdadero oasis en los campos estériles de aquella parte de España. Allí, el pequeño río se transforma en una caudalosa corriente y se divide en decenas de cascadas.

El viajero camina por aquel sitio escuchando la música de las aguas. De repente, una gruta debajo de una de las cascadas llama su atención. Observa cuidadosamente la piedra gastada por el tiempo, las bellas formas que la naturaleza crea con paciencia. Y descubre, escritos en una placa, los versos de R. Tagore:

«Lo que dejó perfectas estas piedras no fue el martillo sino el agua con su dulzura, su danza, y su canción».

Donde la dureza solo destruye, la suavidad consigue esculpir.

Dice el maestro:

Mucha gente tiene miedo de la felicidad. Para esas personas, esta palabra significa cambiar una serie de hábitos, y perder su propia identidad.

Muchas veces nos juzgamos indignos de las cosas buenas que nos suceden. No las aceptamos porque creerlas nos da la sensación de que le debemos algo a Dios.

Pensamos: «Es mejor no probar el cáliz de la alegría porque, cuando este nos falte, sufriremos mucho».

Por miedo a encogernos, dejamos de crecer. Por miedo a llorar, dejamos de reír.

El monasterio de Sceta vio, cierta tarde, a un monje ofender a otro. El superior del monasterio, el padre Sisois, pidió al monje ofendido que perdonase al agresor.

—De ninguna manera —respondió el monje—. El que las hace, las paga.

En ese momento, el padre Sisois levantó los brazos al cielo y comenzó a rezar:

—Jesús mío, no necesitamos más de Ti. Ya somos capaces de hacer que los agresores paguen por sus ofensas. Ya somos capaces de tomar la venganza en nuestras manos y de distinguir el Bien del Mal. Así que, Señor, puedes apartarte de nosotros sin problema.

Avergonzado, el monje perdonó inmediatamente a su hermano.

—Todos los maestros dicen que el tesoro espiritual es un descubrimiento solitario. Entonces ¿por qué estamos juntos?— preguntó uno de los discípulos.

—Están juntos porque un bosque siempre es más fuerte que un árbol solitario —respondió el maestro—. El bosque mantiene la humedad, resiste mejor a un huracán, ayuda al suelo a ser fértil. Pero lo que hace fuerte a un árbol son sus raíces. Y las raíces de una planta no pueden ayudar a otra planta a crecer.

»Estar juntos con el mismo propósito y dejar que cada uno crezca a su manera: este es el camino de los que desean comulgar con Dios.

Cuando el viajero tenía diez años, su madre lo obligó a tomar un curso de Educación Física.

Uno de los ejercicios consistía en saltar al agua desde un puente. Él se moría de miedo. Estaba en el último lugar de la fila y sufría con cada niño que brincaba frente a él, porque en breve llegaría el momento de su salto. Un día, el profesor, al ver su miedo, lo obligó a saltar primero.

Tuvo el mismo miedo, pero acabó todo tan rápido que comenzó a tener valor.

Dice el maestro:

Muchas veces tenemos que darle tiempo al tiempo. Otras veces, hay que remangarse y resolver la situación. En este caso, no existe cosa peor que el aplazamiento.

Buda estaba reunido con sus discípulos cierta mañana, cuando un hombre se les acercó.

—¿Existe Dios? —preguntó.

—Existe —respondió Buda.

Después de la comida, se acercó otro hombre.

—¿Existe Dios? —quiso saber.

—No, no existe —dijo Buda.

Al final de la tarde, un tercer hombre hizo la misma pregunta:

—¿Existe Dios?

—Tú tendrás que decidir —respondió Buda.

—Maestro, ¡qué absurdo! —dijo uno de los discípulos—. ¿Cómo puede dar respuestas diferentes a la misma pregunta?

—Porque son personas diferentes —respondió el Iluminado—. Y cada una de ellas se acercará a Dios a su manera: a través de la certeza, de la negación y de la duda.

Somos seres preocupados por actuar, hacer, resolver, providenciar. Estamos siempre intentando planear una cosa, concluir otra, descubrir una tercera.

No hay nada erróneo en esto; a fin de cuentas, es así como construimos y modificamos el mundo. Pero es parte de la experiencia de la vida el acto de la Adoración.

Parar de vez en cuando, salir de uno mismo, permanecer en silencio frente al Universo.

Arrodillarse con el cuerpo y el alma. Sin pedir, sin pensar, sin siquiera agradecer por nada. Solo vivir el amor silencioso que nos envuelve. En estos momentos, pueden brotar algunas lágrimas inesperadas, que no son ni de alegría ni de tristeza.

No te sorprendas. Esto es un don. Estas lágrimas están lavando tu alma.

DICE EL MAESTRO:
Si debes llorar, llora como los niños.

Fuiste niño un día, y una de las primeras cosas que aprendiste en tu vida fue a llorar, porque es parte de la existencia. Jamás olvides que eres libre, y que demostrar emociones no es una vergüenza.

Grita, chilla, haz escándalo si tienes ganas, porque así lloran los niños y ellos saben la manera más rápida de sosegar sus corazones.

¿Te has fijado en cómo paran de llorar los niños?

Alguna cosa los distrae, una nueva aventura atrae su atención.

Los niños dejan de llorar muy rápido.

Así será también contigo. Pero solo si lloras como un niño.

El viajero come con una amiga abogada en Fort Lauderdale. En la mesa de al lado, un borracho muy animado insiste en forzar la conversación todo el tiempo. En determinado momento, la amiga le pide al borracho que se calle. Pero él insiste:

—¿Por qué? Hablé de amor como nunca lo haría un hombre sobrio. Demostré alegría, intenté comunicarme con extraños. ¿Qué hay de malo en esto?

—No es el momento apropiado —responde ella.

—¿Quieres decir que hay una hora correcta para demostrar felicidad?

Después de esta frase, el borracho fue invitado a la mesa de ambos.

Dice el maestro:

Debemos cuidar de nuestro cuerpo: es el templo del Espíritu Santo y merece nuestro respeto y cariño.

Debemos aprovechar al máximo nuestro tiempo: es necesario luchar por nuestros sueños, y debemos concentrar nuestros esfuerzos en este sentido.

Pero es preciso no olvidar que la vida está compuesta de pequeños placeres. Están aquí para estimularnos, ayudarnos en nuestra búsqueda, darnos momentos de reposo mientras peleamos nuestras batallas diarias.

No hay pecado alguno en ser feliz. No hay nada de malo en transgredir, de vez en cuando, ciertas reglas de alimentación, de sueño, de alegría.

No sientas culpa si a veces pierdes el tiempo en tonterías. Los pequeños placeres son los que nos dan los grandes estímulos.

Mientras el maestro viajaba para divulgar la palabra de Dios, la casa donde vivía con sus discípulos se incendió.

—Él nos confió este lugar, y no supimos cuidarlo bien —dijo uno de los discípulos.

De inmediato, comenzaron a reconstruir lo que quedó del incendio, pero el maestro volvió antes de tiempo y vio los trabajos de reconstrucción.

—Así que estamos mejorando: ¡una casa nueva! —dijo con alegría.

Uno de los discípulos, avergonzado, contó la verdadera historia: el lugar donde vivían había sido destruido por las llamas.

—No consigo entender lo que me estás contando —respondió el maestro—. Lo que yo veo son hombres con fe en la vida comenzando una nueva etapa. Aquellos que perdieron la única cosa que tenían están en mejor posición que mucha gente porque, a partir de ahora, solo pueden ganar.

El pianista Arthur Rubinstein se atrasó para una comida en un importante restaurante de Nueva York. Sus amigos comenzaron a preocuparse, pero Rubinstein finalmente apareció, acompañado de una rubia espectacular, de un tercio de su edad.

Conocido por su tacañería, esa tarde pidió los platos más caros y los vinos más raros y sofisticados. Al final, pagó la cuenta con una sonrisa en los labios.

—Sé que deben estar sorprendidos —dijo Rubinstein—, pero hoy fui a ver al abogado para hacer mi testamento. Dejé una buena cantidad para mi hija, para mis parientes, hice generosas donaciones a obras de caridad. De repente, me di cuenta de que yo no estaba incluido en mi testamento: ¡era todo para otros!

»A partir de ese momento decidí tratarme con más generosidad.

Dice el maestro:

Si estás recorriendo el camino de tus sueños, comprométete con él. No dejes la puerta de salida abierta con la excusa de: «Esto no es exactamente lo que yo quería». Esta frase guarda dentro de ella la semilla de la derrota.

Asume tu camino. Aunque necesites dar pasos inciertos, aunque sepas que puedes hacerlo mejor de lo que lo estás haciendo. Si tú crees en tus posibilidades en el presente, con toda certeza vas a mejorar en el futuro.

Pero si niegas tus limitaciones, jamás te verás libre de ellas.

Enfrenta tu camino con valentía, no tengas miedo de la crítica de los demás. Y, sobre todo, no te dejes paralizar por tus propias críticas.

Dios estará contigo en las noches de insomnio, y enjugará las lágrimas ocultas con Su amor.

Dios es el Dios de los valientes.

El maestro pidió a sus discípulos que consiguieran comida. Estaban de viaje y no lograban alimentarse bien.

Los discípulos regresaron al final de la tarde. Cada uno traía lo poco que había conseguido por medio de la caridad ajena: frutas podridas, panes duros, vino agrio.

Uno de los discípulos, sin embargo, traía un saco de manzanas maduras.

—Haré siempre todo lo posible para ayudar a mi maestro y a mis hermanos —dijo él, repartiendo las manzanas con los otros.

—¿De dónde sacaste eso? —preguntó el maestro.

—Tuve que robarlas —respondió el discípulo—. Los hombres solo me dieron alimentos viejos, aun sabiendo que pregonamos la palabra de Dios.

—Pues vete con tus manzanas, y no vuelvas nunca más —dijo el maestro—. Aquel que roba por mí, terminará robándome a mí.

Salimos al mundo en busca de nuestros sueños e ideas. Muchas veces colocamos en lugares inaccesibles lo que está al alcance de nuestras manos. Cuando descubrimos el error, sentimos que perdimos tiempo, buscando lejos lo que estaba cerca. Nos culpamos por los pasos equivocados, por la búsqueda inútil, por el disgusto que causamos.

Dice el maestro:

Aunque el tesoro esté enterrado en tu casa, tú solo lo vas a descubrir cuando te alejes. Si Pedro no hubiese experimentado el dolor de la negación, no habría sido escogido como jefe de la Iglesia. Si el hijo pródigo no hubiese abandonado todo, no sería recibido con fiestas por su padre.

Existen cosas en nuestras vidas que tienen un sello que dice: «Tú solo entenderás mi valor cuando me pierdas y me recuperes». No sirve de nada tomar un atajo en este camino.

El maestro se reunió con su discípulo preferido y preguntó cómo iba su progreso espiritual. El discípulo respondió que estaba consiguiendo dedicar a Dios todos los momentos de su día.

—Entonces, falta sólo perdonar a tus enemigos dijo el maestro.

El discípulo se volteó, sorprendido:

—¡Pero eso no es necesario! ¡No siento rabia contra mis enemigos!

—¿Tú crees que Dios siente rabia contra ti? —preguntó el maestro.

—¡Claro que no! —respondió el discípulo.

—Y sin embargo tú pides Su perdón, ¿no es verdad? Haz lo mismo con tus enemigos, aunque no sientas odio por ellos. Quien perdona está lavando y perfumando su propio corazón.

El joven Napoleón temblaba como una hoja frente a los feroces bombarderos en el cerco de Toulon.

Un soldado, viéndolo así, comentó a los otros:

—¡Miren como se muere de miedo!

—Sí —respondió Napoleón—. Pero sigo combatiendo. Si tú sintieras la mitad del terror que yo estoy sintiendo, ya habrías huido hace mucho tiempo.

Dice el maestro:

El miedo no es señal de cobardía. Nos da la posibilidad de actuar con bravura y dignidad frente a las situaciones de la vida. Quien siente miedo, y a pesar de eso sigue adelante sin dejarse intimidar, está dando una prueba de valentía. Quien, sin embargo, enfrenta situaciones arriesgadas sin darse cuenta del peligro, demuestra únicamente irresponsabilidad.

El viajero está en una fiesta de San Juan, con tenderetes, tiro al blanco, comida casera.

De repente, un payaso se pone a imitar todos sus gestos. Las personas ríen y él también se divierte. Al final, lo invita a tomar un café.

—Comprométete con la vida —dice el payaso—. Si estás vivo, tienes que sacudir los brazos, brincar, hacer ruido, reír y hablar con las personas. Porque la vida es exactamente lo opuesto a la muerte.

«Morir es estar siempre en la misma posición. Si estás muy quieto, no estás viviendo».

Un poderoso monarca llamó a un santo padre, del que todos decían que tenía poderes curativos, para que lo ayudara con los dolores en su columna.

—Dios nos ayudará —dijo el santo—. Pero antes vamos a entender la razón de estos dolores. La confesión hace que el hombre enfrente sus problemas y lo libera de muchas cosas.

El sacerdote comenzó a preguntar todo sobre la vida del rey, desde la manera en que trataba a su prójimo hasta las angustias y aflicciones de su reinado. El rey, aburrido de pensar en problemas, se volvió hacia el santo:

—No quiero hablar sobre esos asuntos. Por favor tráiganme a alguien que me cure sin hacer preguntas.

El padre salió y regresó media hora después con otro hombre.

—He aquí a quien el señor necesita —dijo—. Mi amigo es veterinario. No acostumbra a conversar con sus pacientes.

Discípulo y maestro iban caminando por el campo cierta mañana.

El discípulo pedía una dieta específica para la purificación. Por más que el maestro insistiera que todo alimento es sagrado, el discípulo no quería creerle.

—Debe existir una comida que nos acerque a Dios —insistía el discípulo.

—Bueno, tal vez tengas razón. Aquellos hongos de allá, por ejemplo, dijo el maestro.

El discípulo se animó pensando que los hongos le traerían purificación y éxtasis. Pero dio un grito al llegar cerca de ellos:

—¡Son venenosos! Si como alguno de ellos, moriré en una hora —dijo horrorizado.

—No conozco ninguna otra manera de acercarse a Dios por medio de la alimentación —respondió el maestro.

En el invierno de 1981, mientras el viajero camina con su mujer por las calles de Praga, ve a un muchacho dibujando los edificios a su alrededor.

Le gusta uno de los dibujos y decide comprarlo.

Cuando le entrega el dinero, se da cuenta de que el muchacho no tiene guantes, a pesar del frío de –5 ºC.

—¿Por qué no usas guantes? —pregunta.

—Para poder sostener el lápiz.

Conversan un poco sobre Praga. El muchacho decide dibujar el rostro de la esposa del viajero, sin cobrar nada.

Mientras espera que el dibujo esté listo, el viajero se da cuenta de que algo extraño ha sucedido: conversó durante casi cinco minutos con el muchacho, sin que ninguno sepa hablar el idioma del otro.

Fueron apenas gestos, risas, expresiones faciales, pero la voluntad de compartir algo hizo que entraran en el mundo del lenguaje sin palabras.

Un amigo llevó a Hassan hasta la puerta de una mezquita, donde un ciego pedía limosnas.

—Este ciego es el hombre más sabio de nuestro país —dijo.

—¿Hace cuánto tiempo que está usted ciego? —preguntó Hassan.

—Desde que nací —respondió el hombre.

—¿Y qué lo transformó en sabio?

—Como no me conformaba con mi ceguera, intenté ser astrónomo —respondió el hombre—. Ya que no podía ver los cielos, fui obligado a imaginar las estrellas, el sol, las galaxias. A medida que me acercaba la obra de Dios, terminé enamorándome de Su Sabiduría.

En un bar remoto de España, cerca de una ciudad llamada Olite, hay un letrero escrito por su dueño:

«Justo cuando conseguí encontrar las respuestas, cambiaron todas las preguntas».

Dice el maestro:

Siempre estamos muy ocupados en buscar respuestas; consideramos las respuestas lo más importante para comprender el sentido de la vida.

Es más importante vivir plenamente, y dejar que el propio tiempo se encargue de revelar los secretos de nuestra existencia. Cuando estamos demasiado ocupados en encontrar un sentido, no dejamos actuar a la naturaleza y nos volvemos incapaces de leer las señales de Dios.

Una leyenda australiana cuenta la historia de un hechicero que paseaba con sus tres hermanas cuando se acercó el guerrero más famoso de aquellos tiempos.

—Quiero casarme con una de estas bellas mozas —dijo.

—Si una de ellas se casa, las otras van a sufrir. Estoy buscando una tribu donde los guerreros puedan tener tres mujeres —respondió el hechicero apartándose.

Durante años, caminaron por el continente australiano sin encontrar tal tribu.

—Al menos una de nosotras pudo haber sido feliz —dijo una de las hermanas cuando ya estaban viejos y cansados de tanto andar.

—Yo estaba equivocado —respondió el hechicero—. Pero ahora es tarde.

Y transformó a las tres hermanas en bloques de piedra, para que quien pasara por ahí entendiera que la felicidad de uno no significa la tristeza de los otros.

El periodista Wagner Carelli fue a entrevistar al escritor argentino Jorge Luis Borges.

Al terminar la entrevista se quedaron conversando sobre el lenguaje que existe más allá de las palabras y sobre la inmensa capacidad que el ser humano tiene para entender a su prójimo.

—Le voy a dar un ejemplo —dijo Borges.

Y comenzó a decir algo en una lengua extraña. Al final, preguntó de qué se trataba.

Antes de que Wagner pudiese decir algo, el fotógrafo que estaba con él respondió:

—Es la oración del padrenuestro.

—Exacto —dijo Borges—. Y yo estaba recitando en finlandés.

Un entrenador de circo consigue aprisionar a un elefante con un truco muy simple: cuando el animal todavía es pequeño, amarra una de sus patas a un tronco muy fuerte.

Por más que lo intenta, el elefantito no logra soltarse. Así se va acostumbrando a la idea de que el tronco es más poderoso que él.

Cuando sea adulto, y dueño de una fuerza descomunal, bastará atar una cuerda a la pata del elefante y amarrarla a un arbusto. Ni siquiera intentará liberarse porque recuerda que ya trató muchas veces y no lo consiguió.

Así como los elefantes, nuestros pies están amarrados a algo frágil. Pero como desde niños nos acostumbramos al poder de aquel tronco, no nos atrevemos a hacer nada. Sin saber que basta un simple gesto de valor para descubrir toda nuestra libertad.

No sirve de nada pedir explicaciones sobre Dios; puedes escuchar palabras muy bonitas, pero en el fondo, son palabras vacías. De la misma manera que puedes leer toda una enciclopedia sobre el amor y no saber lo que es amar.

Dice el maestro:

Nadie va a conseguir probar que Dios existe, o que no existe. Ciertas cosas en la vida fueron hechas para ser experimentadas, nunca explicadas.

El amor es una de esas cosas. Dios, que es amor, también lo es. La fe es una experiencia infantil, en el sentido mágico que Jesús nos enseñó: «Y de los niños es el reino de los cielos».

Dios nunca va a entrar por tu cabeza: la puerta que Él usa es la de tu corazón.

EL PADRE PASTOR acostumbra a decir que el padre Juan rezaba tanto que no necesitaba preocuparse más: había vencido sus pasiones.

Las palabras del padre pastor terminaron llegando a los oídos de uno de los sabios del monasterio de Sceta. Este llamó a los novicios después de la cena.

—Ustedes han escuchado decir que el padre Juan ya no tiene más tentaciones por vencer —dijo él—. La falta de lucha debilita el alma. Vamos a pedir al Señor que envíe una tentación muy poderosa al padre Juan. Si él vence esta tentación, vamos a pedir otra y otra más. Y cuando él esté de nuevo luchando contra las tentaciones, vamos a rezar para que jamás diga: «Señor, aparte de mí este demonio». Vamos a rezar para que pida: «Señor, dame fuerza para enfrentar el mal».

EXISTE UN MOMENTO del día en que es difícil ver bien: el crepúsculo. La luz y las tinieblas se encuentran, y nada es totalmente claro u oscuro. En la mayoría de las tradiciones espirituales ese momento es considerado sagrado.

La tradición católica nos enseña que a las seis de la tarde debemos rezar un avemaría. En la tradición quechua, si nos encontramos un amigo por la tarde y estamos con él durante el crepúsculo, debemos comenzar de nuevo, saludándolo otra vez con un «buenas noches».

En el momento de Crepúsculo, el equilibrio del planeta y del hombre es puesto a prueba. Dios mezcla sombra y luz, quiere ver si la Tierra tiene el valor de continuar girando. Si la Tierra no tiene miedo de la oscuridad, la noche pasa y un nuevo sol vuelve a brillar.

El filósofo alemán Schopenhauer caminaba por una calle de Dresde, buscando respuestas a preguntas que lo angustiaban. De repente, vio un jardín y decidió quedarse unas horas mirando las flores.

Uno de los vecinos notó el comportamiento extraño de aquel hombre y llamó a la Guardia Civil. Minutos después, un policía se acercó a Schopenhauer.

—¿Quién es usted? —preguntó el policía con voz áspera.

Schopenhauer lo miró de arriba a abajo:

—Si el señor sabe responder a esta pregunta —dijo el filósofo—, le estaré eternamente agradecido.

Un hombre en busca de sabiduría decidió ir a las montañas, pues le dijeron que cada dos años Dios aparecía allí.

Durante el primer año, comió todo lo que la tierra le ofrecía. Al final, la comida se agotó, y tuvo que volver a la ciudad.

—¡Dios es injusto! —exclamó—. No vio que me quedé ahí todo ese tiempo procurando oír Su voz. Ahora tengo hambre y volví sin escucharlo.

En ese momento, apareció un ángel.

—A Dios le gustaría mucho conversar contigo —dijo el Ángel—. Durante un año te dio alimento. Esperaba que buscaras tu propio alimento para el año siguiente. Mientras tanto, ¿qué plantaste? Si un hombre no es capaz de producir frutos en el lugar donde vive no está preparado para conversar con Dios.

Solemos pensar: «Bueno, parece que la libertad del hombre consiste en escoger su propia esclavitud. Trabajo ocho horas por día, y si me ascienden, trabajaré doce horas. Me casé y ahora no tengo tiempo para mí mismo. Busqué a Dios y estoy obligado a ir a cultos, misas, ceremonias religiosas. Todo lo que es importante en esta vida —amor, trabajo, fe— termina transformándose en un fardo demasiado pesado».

Dice el maestro:

Solo el amor nos hace escapar. Solo el amor a lo que hacemos en libertad.

Si no podemos amar, es mejor parar ahora.

Jesús dijo: «Si tu ojo izquierdo te hace pecar, arráncatelo. Es mejor estar ciego de un ojo que hacer que tu cuerpo perezca en las tinieblas».

La frase es dura. Pero es así.

Un ermitaño consiguió ayunar durante un año, comiendo solo una vez por semana. Después de tanto esfuerzo, pidió a Dios que le revelara el verdadero significado de determinado pasaje bíblico.

No escuchó ninguna respuesta.

—¡Qué desperdicio de tiempo! —se dijo el monje—. ¡Hice todo este sacrificio y Dios no me responde! Mejor salir de aquí y encontrar a algún otro monje que sepa el significado de este texto.

En ese momento, apareció un ángel.

—Los doce meses de ayuno sirvieron solo para que tú creyeras que eras mejor que otros, y Dios no escucha a los vanidosos —dijo el Ángel—. Pero cuando fuiste humilde, y pensaste en pedir ayuda a tu prójimo, Dios me envió.

Y el Ángel le reveló al monje lo que quería saber.

DICE EL MAESTRO:

Noten cómo ciertas palabras fueron construidas para mostrar claramente lo que quieren decir.

Tomemos la palabra *preocupación* y dividámosla en dos: *pre* y *ocupación*. Significa ocuparse de una cosa antes de que suceda. ¿Quién, en todo este universo, puede tener el don de ocuparse de una cosa que aún no sucede?

No te preocupes. Quédate atento a tu destino y a tu camino. Aprende todo lo que necesitas aprender para manejar bien la espada de luz que te fue confiada.

Date cuenta de cómo luchan los amigos, los maestros y los enemigos.

Entrena mucho, pero no cometas el peor de los errores: creer que sabes cuál es el golpe que va a dar el adversario.

Es viernes, llegas a casa y tomas algunos periódicos que no pudiste leer durante la semana. Prendes la televisión sin sonido, colocas un disco. Usas el control remoto para pasar de un canal a otro, mientras ojeas algunas páginas y pones atención a la música que está sonando. Los periódicos no tienen ninguna novedad, la programación de la TV es repetitiva, y ya escuchaste este disco decenas de veces.

Tu mujer está cuidando a los niños; sacrifica lo mejor de su juventud sin entender muy bien por qué lo hace.

Te pasa una excusa por la cabeza: «Bueno, la vida es así». No, la vida no es así. La vida es entusiasmo. Piensa en dónde dejaste tu entusiasmo escondido. Toma a tu mujer y a tus hijos, y ve detrás de él, antes de que sea demasiado tarde. El amor nunca impidió a nadie seguir sus sueños.

En la víspera de Navidad, el viajero y su mujer hacían un balance del año que terminaba.

Durante la cena, en el único restaurante en un pueblito en los Pirineos, el viajero comenzó a quejarse por algo que no había sucedido como deseaba.

La mujer miraba fijamente el árbol de Navidad que decoraba el restaurante. El viajero pensó que a ella no le interesaba el asunto y cambió de tema.

—Bonita iluminación de este árbol —dijo.

—Es verdad —respondió la mujer—. Pero, si te fijas bien, entre decenas de luces, hay una quemada. Me parece que, en lugar de ver el año como decenas de bendiciones que brillaron, estás fijando tu atención en la única luz que no iluminó nada.

—¿Ves aquel santo, humilde, que camina por la calle? —dijo un demonio a otro—. Pues voy a conquistar su alma.

—Él no te va a escuchar, porque solo presta atención a cosas santas —respondió su compañero.

Pero el demonio, mañoso como siempre, se disfrazó como el arcángel Gabriel y apareció ante el hombre.

—Vine a ayudarte —dijo.

—Tal vez me estés confundiendo con otra persona —respondió el santo—. Nunca en mi vida he hecho nada para merecer la visita de un ángel.

Y continuó su camino, sin saber de lo que había escapado.

Ángela Pontual estaba viendo una obra de teatro en Broadway y salió a tomar un whisky en el intervalo. La sala de espera estaba llena; las personas fumaban, conversaban, bebían.

Un pianista tocaba. Nadie prestaba atención a la música. Ángela comenzó a beber y a escuchar al músico. Él parecía aburrido, haciendo aquello por obligación, anhelante de que el intervalo terminara.

Ya en su tercer whisky, medio mareada, se acercó al pianista.

—¡Eres un aburrido! ¿Por qué no tocas para ti? —vociferó.

El pianista la miró sorprendido. Y, al minuto siguiente, comenzó a tocar las melodías que deseaba tocar. En poco tiempo, la sala de espera estaba en silencio total.

Cuando el pianista terminó, todos aplaudieron con entusiasmo.

San Francisco de Asís era un joven muy popular cuando decidió dejar todo y construir su obra. Santa Clara era una hermosa mujer cuando hizo voto de castidad. San Raymundo Lull conocía a los grandes intelectuales de su época cuando se retiró al desierto.

La búsqueda espiritual es, sobre todo, un desafío. Quien la usa para huir de sus problemas no irá muy lejos.

De nada vale retirarse del mundo a aquel que no consigue hacer amigos. No vale. De nada sirve hacer voto de pobreza porque se es incapaz de ganar el propio sustento. De nada sirve ser humilde cuando se es cobarde.

Una cosa es tener, y renunciar. Otra cosa es no tener y condenar a quien tiene. Es muy fácil para un hombre impotente salir pregonando la castidad absoluta, ¿pero qué valor tiene esto?

Dice el maestro:

Alaba la obra de Dios. Véncete a ti mismo mientras te enfrentas al mundo.

Qué fácil es ser difícil. Basta quedarse lejos de los demás y, de esta manera, no vamos a sufrir nunca. No vamos a correr los riesgos del amor, de las decepciones, de los sueños frustrados.

Qué fácil es ser difícil. No necesitamos preocuparnos por llamadas telefónicas que debemos hacer, por personas que piden nuestra ayuda, por la obra caritativa que hemos de llevar a cabo.

Qué fácil es ser difícil. Basta fingir que estamos en una torre de marfil, que jamás derramamos una lágrima. Basta pasar el resto de nuestra existencia representando un papel.

Qué fácil es ser difícil. Basta renunciar a lo mejor que existe en la vida.

El paciente le dijo al médico:

—Doctor, el miedo me domina, me quita la alegría de vivir.

—Aquí en mi consultorio hay un ratoncito que se come mis libros —dijo el médico—. Si yo me desesperara ante este ratón, él se escondería de mí, y no haría otra cosa en la vida sino cazarlo. Por lo tanto, yo coloco los libros más importantes en un lugar seguro y dejo que roa algunos otros.

»De esta manera, sigue siendo un ratoncito y no se vuelve un monstruo. Tenga miedo de algunas cosas y concentre todo su miedo en ellas, para que tenga valor ante el resto.

DICE EL MAESTRO:

Muchas veces es más fácil amar que ser amado.

Tenemos dificultades para aceptar la ayuda y el apoyo de los demás. Nuestro intento de parecer independientes no nos permite que el prójimo tenga la oportunidad de demostrar su amor.

Muchos padres, en la vejez, les roban a sus hijos la oportunidad de dar el mismo cariño y apoyo que recibieron cuando eran niños. Muchos maridos (o esposas), cuando los alcanzan ciertos rayos del destino, se sienten avergonzados de depender del otro; así, las aguas del amor no se extienden.

Es necesario aceptar el gesto amoroso del prójimo. Es necesario permitir que alguien nos ayude, nos apoye, nos dé fuerzas para continuar.

Si aceptamos este amor con pureza y humildad, vamos a entender que el Amor no es dar o recibir: es participar.

Eva paseaba por el Jardín del Edén cuando la serpiente se acercó.

—Come esta manzana —dijo la serpiente.

Eva, muy bien instruida por Dios, se rehusó.

—Come esta manzana —insistió la serpiente—. Necesitas ser más bella para tu hombre.

—No lo necesito —respondió Eva—, porque él no tiene otra mujer que yo.

La serpiente rio:

—Claro que la tiene.

Y como Eva no le creyó, la llevó hasta lo alto de una colina donde había un pozo.

Está dentro de esta caverna; Adán la escondió allí.

Eva se asomó y vio, reflejada en el agua del pozo, a una linda mujer. En ese mismo momento, sin titubear, comió la manzana que la serpiente le ofrecía.

FRAGMENTOS DE UNA ANÓNIMA «Carta al corazón»:

Mi corazón: yo jamás te condenaré, te criticaré o sentiré vergüenza de tus palabras. Sé que eres un hijo querido de Dios, y que Él te guarda en medio de una luz radiante y amorosa.

Confío en ti, mi corazón. Estoy de tu lado, siempre pediré bendiciones en mis oraciones, siempre pediré para que encuentres la ayuda y el apoyo que necesitas.

Confío en tu amor, mi corazón. Confío en que vas a compartir este amor con quien lo merezca o lo necesite. Que mi camino sea tu camino, y que caminemos juntos en dirección al Espíritu Santo.

Y te pido: confía en mí. Que sepas que te amo, y que procuro darte la libertad necesaria para que continúes latiendo con alegría en mi pecho. Haré todo lo que esté a mi alcance para que jamás te sientas incómodo en mi presencia.

Dice el maestro:

Cuando decidimos actuar, es natural que surjan conflictos inesperados. Es natural que surjan heridas en el transcurso de estos conflictos.

Las heridas se curan: permanecen las cicatrices, y esto es una bendición. Estas cicatrices se quedan con nosotros el resto de la vida, y nos van a ayudar mucho. Si en algún momento —por comodidad o por cualquier otra razón— la voluntad de volver al pasado es grande, basta con mirarlas.

Las cicatrices nos van a mostrar las marcas de las cadenas, van a recordarnos los horrores de la prisión, y continuaremos avanzando hacia adelante.

En su epístola a los Corintios, san Pablo nos dice que la dulzura es una de las principales características del amor.

No olvidemos nunca: el amor es ternura. Un alma rígida no permite que la mano de Dios la modele de acuerdo con Sus deseos.

El viajero caminaba por una pequeña calle en el norte de España cuando vio un campesino recostado en un jardín.

—Está usted machucando las flores —dijo.

—No —respondió él—. Estoy intentando sacar de ellas un poco de su dulzura.

Dice el maestro:

Reza todos los días. Incluso sin palabras, sin peticiones, sin entender por qué, haz de la oración un hábito. Si al comienzo es difícil, proponte a ti mismo: «Voy a rezar todos los días de esta próxima semana». Y renueva esta promesa cada siete días.

Recuerda que no estás solo al crear un lazo más íntimo con el mundo espiritual; también entrenas tu voluntad. A través de ciertas prácticas desarrollamos la disciplina necesaria para el verdadero combate de la vida.

No sirve de nada olvidar la promesa y al día siguiente rezar dos veces. Tampoco sirve rezar siete oraciones el mismo día y pasar el resto de la semana creyendo que se cumplió con la tarea.

Ciertas cosas han de suceder en la medida y el ritmo necesarios.

Un hombre malo, al morir, encuentra un ángel en la puerta del infierno.

El ángel le dice:

—Basta que hayas hecho alguna cosa buena en esta vida, y esta cosa buena te ayudará.

El hombre responde:

—No hice nada bueno en esta vida.

—Piensa bien —insiste el ángel.

El hombre entonces recuerda que, cierta vez, mientras andaba por un bosque, encontró una araña en su camino y dio la vuelta para evitar pisarla.

El ángel sonríe y un hilo de araña desciende de los cielos, permitiendo que el hombre suba hasta el paraíso. Otros condenados aprovechan también para subir, pero el hombre se voltea y comienza a empujarlos, pues tiene miedo de que el hilo se rompa.

En ese momento, el hilo revienta y el hombre es de nuevo lanzado al infierno.

—Qué pena —el hombre escucha decir al ángel—. Tu egoísmo transformó en maldad lo único bueno que hiciste.

DICE EL MAESTRO:

La encrucijada es un lugar sagrado. Ahí el peregrino debe tomar una decisión. Por eso los dioses acostumbran a dormir y comer en las encrucijadas.

Donde las calles se cruzan, se concentran dos grandes energías: el camino que será elegido y el que será abandonado. Ambos se transforman en un solo camino, pero solo por un pequeño periodo.

El peregrino puede descansar, dormir un poco e incluso consultar a los dioses que habitan las encrucijadas. Pero nadie puede quedarse ahí para siempre: una vez hecha la elección, es necesario seguir adelante, sin pensar en el camino que se dejó de recorrer.

O si no, la encrucijada se transforma en una maldición.

En nombre de la Verdad, la raza humana cometió sus peores crímenes. Hombres y mujeres fueron quemados.

La cultura de civilizaciones enteras fue destruida.

Los que cometían pecados de la carne eran mantenidos a distancia.

Los que buscaban un camino diferente eran marginalizados.

Uno de ellos, en nombre de la «verdad», terminó crucificado. Pero, antes de morir, dejó la gran definición de la Verdad.

No es lo que nos da certezas.

No es lo que nos da profundidad.

No es lo que nos hace mejores que los demás.

No es lo que nos mantiene presos de los prejuicios.

La verdad es lo que nos hace libres.

«Conoceréis la verdad y la verdad os liberará», dijo Él.

Uno de los monjes del monasterio de Sceta cometió una falta grave, y llamaron al ermitaño más sabio para que lo juzgase.

El ermitaño se rehusó, pero insistieron tanto que terminó por ir. Antes, sin embargo, tomó un balde y lo agujereó en varios lugares. Después, llenó el balde de arena y se encaminó hacia el monasterio.

El superior, al verlo entrar, preguntó qué era aquello.

—Vine a juzgar a mi prójimo —dijo el ermitaño—. Mis pecados escurren detrás de mí, como la arena escurre de este balde. Pero, como no miro hacia atrás, y no me doy cuenta de mis propios pecados, ¡fui llamado para juzgar a mi prójimo!

Los monjes desistieron del castigo en ese mismo instante.

Estaba escrito en la pared de una pequeña iglesia en los Pirineos:

Señor que esta vela que acabo de encender sea luz y me ilumine en mis decisiones y dificultades.

Que sea fuego para que Tú quemes en mí el egoísmo, el orgullo y las impurezas.

Que sea llama para que Tú calientes mi corazón y me enseñes a amar.

Yo no puedo quedarme mucho tiempo en tu iglesia. Pero dejando esta vela, una parte de mí se queda aquí. Me ayuda a prolongar mi rezo en las actividades de este día.

Amén.

Un amigo del viajero decidió pasar algunas semanas en un monasterio en Nepal. Cierta tarde, entró en uno de los muchos templos del monasterio y encontró a un monje, sonriendo, sentado en el altar.

—¿Por qué sonríe? —preguntó al monje.

—Porque entiendo el significado de las bananas —dijo el monje, que abrió la bolsa que cargaba y sacó una banana podrida—. Esta es la vida que pasó y no fue aprovechada en el momento correcto, ahora es demasiado tarde.

Enseguida, sacó de la bolsa una banana verde, la mostró y volvió a guardarla.

—Esta es la vida que aún no sucede, es necesario esperar el momento correcto —dijo.

Finalmente sacó una banana madura, la descascaró y la compartió con mi amigo diciendo:

—Este es el momento presente. Aprende a vivirlo sin miedo.

Baby Consuelo había salido con el dinero contado para llevar a su hijo al cine.

El chico estaba animadísimo, y a toda hora preguntaba cuánto tiempo tardarían en llegar.

Al parar en un semáforo, vio a un mendigo sentado en la acera, sin pedir nada.

—Dale todo el dinero que cargas a él —escuchó decir a una voz.

Baby discutió con la voz: había prometido llevar al niño al cine.

—Dáselo todo —insistió la voz.

—Puedo darle la mitad, mi hijo entra solo y yo lo espero a la salida —dijo ella.

Pero la voz no quería discutir:

—Dale todo.

Baby no tuvo de tiempo de explicarle al chico: detuvo el carro y le extendió todo el dinero que cargaba al mendigo.

—Dios existe, y usted me lo demostró —dijo el mendigo—. Hoy es mi cumpleaños. Yo estaba triste, avergonzado de estar siempre pidiendo limosna. Entonces decidí no pedir nada y pensé: si Dios existe, Él me dará un regalo.

Mientras pasa por una aldea en medio de una tempestad, un hombre ve una casa que se incendia.

Al acercarse, ve a otro hombre, con fuego hasta en las cejas, sentado en la sala en llamas.

—¡Ey, su casa está ardiendo! —dice el peregrino.

—Ya lo sé.

—¿Entonces por qué no sale?

—Porque está lloviendo —responde el hombre—. Mi madre me dijo que la lluvia puede provocar una neumonía.

Zao Chi comenta sobre la fábula:

«Sabio es quien consigue cambiar de situación cuando se ve forzado a ello».

En ciertas tradiciones mágicas, los discípulos toman un día al año —un fin de semana, si fuese necesario— para entrar en contacto con los objetos de su casa.

Tocan cada cosa y se preguntan en voz alta:

—¿De verdad necesito esto?

Toman los libros de los libreros:

—¿Voy a releer este libro algún día?

Miran los recuerdos que han guardado:

—¿Todavía considero importante el momento que este objeto me recuerda?

Abren todos los armarios:

—¿Hace cuánto tiempo tengo esto y no lo he usado? ¿Acaso lo voy a necesitar?

Dice el maestro: las cosas tienen energía propia. Cuando no son utilizadas, terminan transformándose en agua estancada dentro de la casa, un buen lugar para albergar mosquitos y podredumbre.

Es necesario estar atento, dejar la energía fluir libremente. Si mantienes lo que es viejo, lo nuevo no tiene espacio para manifestarse.

Una antigua leyenda peruana habla de una ciudad donde todos eran felices. Sus habitantes hacían lo que deseaban y se entendían bien. Menos el alcalde, que vivía triste porque no tenía nada que gobernar.

La prisión estaba vacía, el tribunal nunca se usaba y la notaría no daba ganancias porque la palabra valía más que el papel.

Un día, el alcalde mandó traer obreros de lejos, que cerraron con vallas el centro de la plaza principal; se escuchaban martillos golpeando y sierras cortando madera.

Después de una semana, el alcalde invitó a toda la ciudad para la inauguración. Con solemnidad, retiraron las vallas y apareció... una horca.

Las personas comenzaron a preguntarse qué estaba haciendo aquella horca ahí. Con miedo, empezaron a acudir a la justicia para cualquier cosa que antes se resolvía de común acuerdo. Recurrían al notario para registrar documentos que antes se sustituían por la palabra. Y volvieron a escuchar al alcalde con miedo de la ley.

La leyenda dice que la horca nunca se usó. Pero que bastó su presencia para cambiarlo todo.

El psiquiatra alemán Víctor Frankl describe su experiencia en un campo de concentración nazi:

. . . en medio del castigo humillante, un preso dijo: «¡Ay, qué vergüenza si nuestras mujeres nos viesen así!». El comentario me hizo recordar el rostro de mi esposa, y en el mismo instante, me sacó de aquel infierno. La voluntad de vivir regresó, diciéndome que la salvación del hombre es por medio del amor.

Ahí estaba yo en medio del suplicio, y aun así era capaz de entender a Dios, porque podía contemplar mentalmente la cara de mi amada.

El guardia nos mandó parar a todos, pero no obedecí porque no estaba en el infierno en aquel momento. Aunque no tuviera forma de saber si mi mujer estaba viva o muerta, eso no cambiaba nada. Contemplar mentalmente su imagen me devolvía la dignidad y la fuerza. Incluso si a un hombre lo despojan de todo, aún tiene la fortuna de recordar el rostro amado, y eso lo salva.

Dice el maestro:

De aquí en adelante, y por algunos cientos de años, el universo va a boicotear a los prejuiciosos.

La energía de la Tierra necesita renovarse. Las ideas nuevas necesitan espacio. El cuerpo y el alma necesitan nuevos desafíos. El futuro llama a nuestra puerta, y todas las ideas —excepto las que involucran prejuicios— tendrán la oportunidad de aparecer.

Lo que sea importante quedará; lo que sea inútil desaparecerá. Pero que cada uno juzgue solo las propias conquistas: no somos jueces de los sueños de nuestro prójimo.

Para tener fe en nuestro camino no es necesario probar que el camino del otro está equivocado. Quien actúa así no confía en sus propios pasos.

La vida es como una gran carrera en bicicleta, cuya meta es cumplir la Leyenda Personal.

En la salida estamos juntos, compartiendo camaradería y entusiasmo. Pero, a medida que la competencia se desarrolla, la alegría inicial da lugar a los verdaderos desafíos: el cansancio, la monotonía, las dudas en cuanto a la propia capacidad. Nos damos cuenta de que algunos amigos desistieron del desafío; todavía están compitiendo, pero solo porque no pueden parar en medio de una calle. Son numerosos, pedalean al lado del carro de apoyo, conversan entre sí y cumplen una obligación.

Terminamos por distanciarnos de ellos; y entonces nos vemos obligados a enfrentar la soledad, las sorpresas con las curvas desconocidas, los problemas con la bicicleta.

Finalmente, nos preguntamos si vale la pena tanto esfuerzo.

Sí, lo vale. Se trata de no desistir.

Maestro y discípulo caminan por los desiertos de Arabia. El maestro aprovecha cada momento del viaje para enseñar al discípulo sobre la fe.

—Confía tus cosas a Dios —dice—. Dios jamás abandona a sus hijos.

De noche, al acampar, el maestro pide que el discípulo amarre los caballos a una roca cercana. Él va hasta la roca, pero recuerda las enseñanzas del maestro: «Él me está probando», piensa. «Debo confiar los caballos a Dios». Y deja los caballos sueltos.

Por la mañana, el discípulo descubre que los animales huyeron. Agitado, busca al maestro.

—Tú no sabes nada sobre Dios —reclama—. Yo le entregué a Él el cuidado de los caballos. Y los animales ya no están.

—Dios quería cuidar de los caballos —respondió el maestro—. Pero, en aquel momento, Él necesitaba de tus manos para amarrarlos.

—Tal vez Jesús haya enviado a algunos de sus apóstoles al infierno para salvar almas —dice John—. Ni siquiera en el infierno está todo perdido.

La idea sorprende al viajero. John es bombero en Los Ángeles y está en su día de descanso.

—¿Por qué dices esto? —pregunta él.

—Porque he experimentado el infierno aquí en la Tierra. Entro a edificios en llamas, veo personas desesperadas intentando salir, y muchas veces he llegado a arriesgar mi vida para salvarlas. Soy solo una partícula en este universo inmenso, forzado a actuar como un héroe en medio de los muchos infiernos de fuego que conozco. Si yo, que no soy nada, consigo actuar así, ¡imagina lo que Jesús debe hacer! Seguramente, algunos de sus apóstoles están infiltrados en el infierno salvando almas.

Dice el maestro:

Gran parte de las civilizaciones primitivas acostumbraba a enterrar a sus muertos en posición fetal. «Está naciendo a una nueva vida, de modo que vamos a colocarlo en la misma posición que estaba cuando vino a este mundo», decían. Para esas civilizaciones —en constante contacto con el milagro de la transformación—, la muerte era solo un paso más en el largo camino del universo.

Al poco tiempo, el mundo fue perdiendo esta visión ligera de la muerte. Pero no importa lo que pensamos, lo que hacemos o en lo que creemos: todos vamos a morir un día.

Es mejor hacer como los viejos indios yaquis: usar la muerte como consejera. Preguntar siempre: «Ya que voy a morir, ¿qué debo hacer ahora?».

La vida no consiste en pedir o dar consejos. Si necesitamos ayuda, es mejor ver cómo las demás personas resuelven, o no, sus problemas.

Nuestro ángel está siempre presente, y muchas veces nos habla por boca de alguien. Pero esta respuesta nos viene de manera casual, generalmente cuando, aunque atentos, no dejamos que nuestras preocupaciones turben el milagro de la vida.

Dejemos a nuestro ángel hablar de la manera en que está acostumbrado: cuando él piense que lo necesita.

Dice el maestro:

Los consejos son la teoría de la vida. Y la práctica en general es muy diferente.

Un sacerdote de la Renovación Carismática Católica de Río de Janeiro estaba en un autobús cuando escucha una voz que le decía que debía levantarse y pregonar la palabra de Cristo ahí mismo. El padre comenzó a conversar con la voz:

—Van a pensar que soy un ridículo, pero este no es lugar para un sermón.

Pero algo dentro de él insistía, tenía que hablar.

—Soy tímido, por favor, no me pidas esto —suplicó.

El impulso interior persistía.

Entonces recordó su promesa: aceptar todos los designios de Cristo. Se levantó, muerto de vergüenza, y comenzó a hablar del Evangelio. Todos escucharon en silencio. Él miraba a cada pasajero, y pocos desviaban los ojos. Dijo todo lo que sentía, terminó el sermón y se sentó de nuevo.

Hasta ahora no sabe qué tarea realizó en aquel momento. Pero tiene la certeza absoluta de que cumplió una misión.

Un hechicero africano conduce a su aprendiz por la selva. Aunque mayor, camina con agilidad, mientras su aprendiz resbala y cae a cada instante. La aprendiz blasfema, se levanta, escupe en el suelo traicionero y continúa acompañando a su maestro.

Después de una larga caminata, llegan a un lugar sagrado. Sin parar, el hechicero da media vuelta y comienza el viaje de regreso.

—No me ha enseñado nada hoy —dijo el aprendiz, tropezando nuevamente.

—Te enseñé, pero parece que tú no aprendes —respondió el hechicero—. Estoy intentando enseñarte cómo se lidia con los errores de la vida.

—¿Y cómo se lidia con ellos?

—Como deberías lidiar con tus caídas —responde el hechicero—. En lugar de maldecir el lugar donde caíste, deberías buscar lo que te hizo resbalar.

Cierta tarde, en el monasterio de Sceta, el padre Pastor recibió la visita de un ermitaño.

—Mi guía espiritual no sabe cómo dirigirme —dijo—. ¿Debo dejarlo?

El padre Pastor no dijo nada, y el ermitaño regresó al desierto. Una semana después, fue a visitar nuevamente al padre Pastor.

—Mi guía espiritual no sabe cómo dirigirme —dijo—. Decidí dejarlo.

—Esas son palabras sabias —respondió el padre Pastor—. Cuando un hombre se da cuenta de que su alma no está contenta, no pide consejos; toma las decisiones necesarias para preservar su camino en esta vida.

Una joven se acerca al viajero.

—Quiero contarle algo —dice—. Siempre creí que tenía el don de curar. Pero no tenía el valor de intentarlo con nadie. Hasta que un día mi marido tenía mucho dolor en la pierna izquierda, no había nadie cerca para ayudarlo, y decidí, muerta de vergüenza, colocar mis manos sobre su pierna y pedir que el dolor pasara.

»Actué sin creer que sería capaz de ayudarlo, cuando lo escuché rezando: «Señor, haz que mi mujer sea capaz de ser mensajera de Tu luz, de Tu fuerza», decía él. Mi mano comenzó a calentarse, y los dolores pasaron pronto.

»Después le pregunté por qué había rezado de aquella manera. Respondió que fue para darme confianza. Hoy soy capaz de curar gracias a aquellas palabras.

El filósofo Aristipo coqueteaba con el poder de la corte de Dionisio, tirano de Siracusa.

Cierta tarde encontró a Diógenes preparándose un pequeño plato de lentejas.

—Si adularas a Dionisio, no estarías obligado a comer lentejas—dijo Aristipo.

—Si tú supieras comer lentejas, no estarías obligado a adular a Dionisio —respondió Diógenes.

Dice el maestro:

Es verdad que todo tiene un precio, pero ese precio es relativo. Cuando seguimos nuestros sueños, podemos dar la impresión a los otros de que somos miserables e infelices. Pero lo que los otros piensan no importa: lo que importa es la alegría en nuestro corazón.

Un hombre que vivía en Turquía escuchó hablar de un gran maestro que habitaba en Persia.

Sin dudarlo, vendió todas sus cosas, se despidió de la familia y fue en busca de sabiduría.

Después de años viajando, consiguió llegar a la cabaña donde vivía el gran maestro. Lleno de temor y respeto, se acercó y tocó.

El gran maestro abrió la puerta.

—Vengo de Turquía —dijo—. Hice este viaje solo para hacerle una pregunta.

El viejo lo miró con sorpresa:

—Está bien. Puedes hacer solo una pregunta.

—Tengo que ser claro en lo que voy a preguntar; ¿puedo hacer la pregunta en turco?

—Puedes —dijo el sabio—, y ya respondí tu única pregunta. Cualquier otra cosa que quieras saber, pregúntasela a tu corazón; él le dará respuesta.

Y cerró la puerta.

DICE EL MAESTRO:

La palabra es poder. Las palabras transforman el mundo y al hombre.

Todos hemos escuchado la frase: «No se debe hablar de las cosas buenas que nos suceden, pues la envidia ajena destruye nuestra alegría».

Nada de eso: los vencedores hablan con orgullo de los milagros en sus vidas. Si pones energía positiva en el aire, esta atraerá más energía positiva, y alegrará a aquellos que realmente te quieren bien.

En cuanto a los envidiosos, a los derrotados, estos solo podrán causarte daño si tú les das este poder.

No temas. Habla de las cosas buenas de tu vida para quien quiera escuchar. El alma del Mundo necesita mucho de tu alegría.

Había un rey en España que se enorgullecía mucho de su linaje, y que era conocido por su crueldad con los más débiles. Cierta vez, caminaba con su comitiva por un campo de Aragón donde, años antes, había perdido a su padre en una batalla.

Allí encontró un santo removiendo una enorme pila de huesos.

—¿Qué estás haciendo? —preguntó el rey.

—Honrada sea vuestra majestad —dijo el hombre santo.—Cuando supe que el rey de España vendría por aquí, decidí recoger los huesos de vuestro fallecido padre para entregárselos. Sin embargo, por más que busque, no consigo encontrarlos: son iguales a los de los campesinos, de los mendigos y de los esclavos.

DEL POETA AFROAMERICANO Langston Hughes:
 He conocido ríos.
 He conocido ríos tan antiguos como el mundo, y más viejos que el flujo de la sangre por las venas humanas.
 Mi alma se ha hecho profunda como los ríos.
 Me bañé en el Éufrates cuando el alba era joven.
 Construí mi cabaña a la orilla del Congo, y sus aguas me arrullaron hasta dormirme.
 Contemplé el Nilo y sobre él levanté las pirámides.
 Escuché el canto del Mississippi cuando Lincoln bajó hasta Nueva Orleans, y vi su pecho fangoso tornarse dorado al atardecer.
 Mi alma se ha hecho profunda como los ríos.

—¿Quién es el mejor en el uso de la espada? —preguntó el guerrero.

—Ve hasta el campo cerca del monasterio —dijo el maestro—. Ahí hay una piedra. Insúltala.

—¿Por qué debería hacerlo? —preguntó el discípulo—. ¡La roca jamás me responderá!

—Entonces, atácala con tu espada —dijo el maestro.

—Tampoco haré eso —respondió el discípulo. Mi espada se romperá. Y si la ataco con las manos, me lastimaré los dedos sin conseguir nada. Mi pregunta era otra: ¿quién es el mejor en el uso de la espada?

—El mejor es el que se parece a la roca —dijo el maestro—. Sin desenvainar la hoja, consigue mostrar que nadie puede vencerlo.

El viajero llega a la villa de San Martín Unx, en Navarra, y consigue localizar a la mujer que guarda la llave de la hermosa iglesia románica, en el poblado casi en ruinas. Muy gentilmente, ella sube las callejuelas estrechas y abre las puertas.

La oscuridad y el silencio del templo medieval conmueven al viajero. Conversa un poco con la mujer, y en cierto momento, comenta que, aunque sea mediodía, poco se puede ver de las bellísimas obras de arte que están ahí dentro.

—Solo podemos ver los detalles al amanecer —dice la mujer—. Cuenta la leyenda que era eso lo que los constructores de esta iglesia querían enseñarnos: que Dios tiene una hora determinada para mostrarnos su gloria.

Dice el maestro:

Existen dos dioses. El dios que nos enseñaron nuestros profesores y el que nos enseña. El dios del que habla la gente y el que habla con nosotros. El dios que aprendemos a temer y el Dios que nos habla de misericordia.

Hay dos dioses. El dios que está en las alturas y el Dios que participa en nuestra vida diaria. El dios que nos cobra y el Dios que perdona nuestras deudas. El dios que nos amenaza con los castigos del infierno y el Dios que nos muestra el mejor camino.

Existen dos dioses. Un dios que nos oprime con nuestras culpas y un Dios que nos libera con Su amor.

Cierta vez preguntaron al escultor Miguel Ángel cómo hacía para crear obras tan magníficas.

—Es muy simple —respondió Miguel Ángel—. Cuando veo un bloque de mármol, veo la escultura dentro. Todo lo que tengo que hacer es quitar las recortaduras.

Dice el maestro:

Hay una obra de arte que nos fue destinada para crear.

Esta es el punto central de nuestra vida, y, por más que intentemos engañarnos, sabemos cuán importante es para nuestra felicidad. Generalmente, esta obra de arte está cubierta por años de miedos, culpas, indecisiones.

Pero si decidimos quitar las recortaduras, si no dudamos de nuestra capacidad, somos capaces de llevar adelante la misión que nos fue designada. Y esta es la única manera de vivir con honradez.

Un anciano que está punto de morir busca a un joven y le cuenta una historia de heroísmo: durante una guerra, ayudó a un hombre a huir. Le dio abrigo, alimento y protección.

Cuando ya estaban llegando a un lugar seguro, ese hombre decidió traicionarlo y entregarlo al enemigo.

—¿Y cómo escapó usted? —pregunta el joven.

—No escapé; soy el otro, soy el traidor —dice el viejo—. Pero, al contar esta historia como si fuese el héroe, puedo comprender todo lo que hizo por mí.

Dice el maestro:

Todos necesitamos de amor. El amor es parte de la naturaleza humana, tanto como comer, beber y dormir. Muchas veces nos sentamos frente a una bella puesta de sol, completamente solos y pensamos:

«Nada de esto tiene importancia porque no puedo compartir toda esta belleza con alguien».

En estos momentos, vale la pena preguntar: ¿cuántas veces nos pidieron amor y simplemente volteamos el rostro hacia otro lado? ¿Cuántas veces tuvimos miedo de acercarnos a alguien y decirle, con todas sus letras, que estábamos enamorados?

Cuidado con la soledad. Envicia tanto como las drogas más peligrosas. Si la puesta de sol parece ya no tener ningún sentido para ti, sé humilde y parte en busca del amor. Piensa que, así como otros bienes espirituales, cuanto más estés dispuesto a dar, más recibirás a cambio.

Un misionero español visitaba una isla cuando se encontró con tres sacerdotes aztecas.

—¿Cómo rezan ustedes? —preguntó el padre.

—Solo tenemos una oración —respondió uno de los aztecas—. Decimos: «Dios, Tú eres tres, y nosotros somos tres. Ten piedad de nosotros».

—Voy a enseñarles una oración que Dios escucha —dijo el misionero.

Les enseñó una oración católica y siguió su camino.

Poco antes de regresar a España, tuvo que pasar por esa misma isla donde estuvo unos años antes.

Cuando la carabela se acercaba, el padre vio a los tres sacerdotes caminando sobre las aguas.

—Padre, padre —dijo uno de ellos—. Por favor, vuelva a enseñarnos la oración que Dios escucha porque no podemos recordarla.

—No importa —respondió el padre al ver el milagro.

Y pidió perdón a Dios por no haber entendido que Él habla todas las lenguas.

San Juan de la Cruz enseña que, en nuestro camino espiritual, no debemos buscar visiones ni ir tras las declaraciones de otros que ya recorrieron el camino. Nuestro único apoyo debe ser la fe, porque la fe es algo límpido, transparente, que nace dentro de nosotros, y es inconfundible.

Un escritor estaba conversando con un padre y le preguntó qué era la experiencia de Dios.

—No sé —respondió el padre—. La única experiencia que he tenido hasta el momento es la de mi fe en Dios.

Y eso es lo más importante.

Dice el maestro:

El perdón es una calle de dos vías.

Siempre que perdonamos a alguien, estamos también perdonándonos a nosotros mismos. Si somos tolerantes con los otros, resulta más fácil perdonar nuestros propios errores. Así, sin culpa y sin amargura, conseguimos mejorar nuestra actitud frente a la vida.

Cuando, por debilidad, permitimos que el odio, la envidia y la intolerancia vibren a nuestro alrededor, terminamos confundidos por esta vibración.

Pedro le preguntó a Cristo:

—Maestro, ¿Debo perdonar siete veces a mi prójimo?

Y Cristo respondió:

—No solo siete, sino setenta veces siete.

El acto de perdonar limpia el plano astral, y nos muestra la verdadera luz de la Divinidad.

DICE EL MAESTRO:

Los antiguos maestros acostumbraban a crear «personajes» para ayudar a sus discípulos a lidiar con el lado más sombrío de la personalidad. Muchas de las historias relacionadas con la creación de personajes se transformaron en famosos cuentos de hadas.

El proceso es simple: basta colocar tus angustias, miedos y decepciones en un ser invisible que está a tu lado izquierdo. Este funciona como «villano» de tu vida, siempre sugiriendo actitudes que a ti no te gustaría tomar —pero terminas tomando—. Una vez creado tal personaje, es más fácil no obedecer sus consejos.

Es extremadamente sencillo. Y, por eso, funciona muy bien.

—¿Cómo puedo saber cuál es la mejor manera de actuar en la vida? —preguntó el discípulo al maestro.

El maestro le pidió que construyera una mesa. Cuando la mesa estaba casi lista, faltando apenas poner los clavos de la parte de arriba, el maestro se acercó.

El discípulo clavaba los clavos con tres golpes precisos.

Un clavo, sin embargo, se le resistió; el discípulo tuvo que dar un golpe más. El cuarto golpe enterró el clavo demasiado profundo, y dañó la madera.

—Tu mano estaba acostumbrada a dar tres martillazos —dijo el maestro—. Cuando cualquier acción pasa a ser gobernada por el hábito, pierde el sentido, y puede terminar causando daños.

»Cada acción es una acción, y solo existe un secreto: jamás dejes que el hábito comande tus movimientos.

Cerca de la ciudad de Soria, en España, hay una antigua ermita enclavada en las rocas; allí vive, desde hace algunos años, un hombre que lo abandonó todo para dedicarse a la contemplación. El viajero va a buscarlo una tarde de otoño; es recibido con toda la hospitalidad posible.

Después de compartir un trozo de pan, el ermitaño pide que lo acompañe hasta un riachuelo cercano, para recoger algunos hongos comestibles.

En el camino, un joven se les acerca.

—Santo varón —dice—, he escuchado decir que, para alcanzar la iluminación, no debemos comer carne. ¿Es verdad?

—Acepta con alegría todo lo que la vida te ofrece —respondió el hombre—. No pecarás contra el espíritu santo, pero tampoco blasfemarás contra la generosidad de la tierra.

Dice el maestro:

Si el camino es muy difícil, procura escuchar tu corazón. Intenta ser lo más honesto posible contigo mismo, fíjate si estás siguiendo tu camino, pagando el precio de tus sueños.

Si incluso así sigues siendo golpeado por la vida, llega un momento en que es necesario quejarse. Hazlo con respeto, como un hijo se queja ante un padre, pero no dejes de pedir un poco más de atención y de ayuda. Dios es padre y madre, y los padres siempre esperan lo mejor de los hijos. Puede ser que la enseñanza sea demasiado dura, y no cuesta nada pedir una pausa, un cariño.

Pero nunca exageres. Job se quejó en el momento oportuno y obtuvo sus bienes de regreso. Al Afid se acostumbró a quejarse por todo y Dios dejó de escucharlo.

Las fiestas de Valencia, en España, tienen un curioso ritual, cuyo origen proviene de la antigua comunidad de los carpinteros.

Durante el año entero, artesanos y artistas construyen gigantescas esculturas de madera. En la semana de fiesta, llevan estas esculturas al centro de la plaza principal. La gente pasa, comenta, se asombra y queda conmovida con tanta creatividad. Entonces, el día de San José, todas esas obras de arte —excepto una— se queman en una gigantesca hoguera, frente a miles de curiosos.

—¿Por qué tanto trabajo sin sentido? —preguntó una inglesa, mientras las inmensas llamas ascendían a los cielos.

—También tú tendrás fin un día —respondió una española—¿Te imaginas que, en ese momento, un ángel le preguntara a Dios: «¿Por qué tanto trabajo sin sentido?».

Un hombre muy piadoso se vio, de repente, privado de todas sus riquezas. Sabiendo que Dios era capaz de ayudarlo en cualquier circunstancia, comenzó a rezar.

—Señor, haz que gane la lotería —pedía.

Durante años y años él rezó, pero continuó pobre.

Finalmente llegó el día de su muerte y, como era muy piadoso, fue directo al cielo.

Al llegar se rehusó a entrar. Dijo que había vivido toda su existencia de acuerdo con los preceptos religiosos que le enseñaron, y que Dios jamás lo hizo ganar la lotería.

—Todo lo que el Señor promete no es más que una mentira —dijo el hombre, enojado.

—Siempre he estado dispuesto a ayudarte a ganar —respondió el Señor—. Sin embargo, por más que quise ayudarte, nunca compraste un boleto de lotería.

Un viejo sabio chino caminaba por un campo de nieve cuando vio a una mujer llorando.

—¿Por qué lloras? —preguntó él.

—Porque recuerdo el pasado, mi juventud, la belleza que veía en el espejo, los hombres que amé. Dios fue cruel conmigo porque me dio memoria. Él sabía que yo iba a recordar la primavera de mi vida y lloraría.

El sabio se quedó contemplando el campo de nieve, con la mirada fija en un punto. En cierto momento la mujer dejó de llorar:

—¿Qué estás mirando? —preguntó.

—Un campo de rosas —dijo el sabio—. Dios fue generoso conmigo porque me dio memoria. Él sabía que en el invierno yo podría siempre recordar la primavera, y sonreír.

DICE EL MAESTRO:

La Leyenda Personal no es tan simple como parece. Por el contrario puede ser una actividad peligrosa.

Cuando queremos algo ponemos en marcha energías poderosas y ya no podemos esconder de nosotros mismos el verdadero sentido de nuestra vida.

Cuando queremos algo, elegimos el precio a pagar. Seguir un sueño tiene un precio. Puede exigir que abandonemos viejos hábitos, hacernos pasar dificultades, decepcionarnos, etcétera.

Pero, por más alto que sea este precio, nunca será tan alto como aquel que pagan quienes nunca vivieron su Leyenda Personal. Porque estos, un día, van a mirar hacia atrás, verán todo lo que hicieron y escucharán al propio corazón decir: «Desperdicié mi vida».

Créanme, esta es una de las peores frases que podemos escuchar.

En uno de sus libros, Castañeda cuenta que, cierta vez, su maestro lo mandó a ponerse el cinturón del pantalón en sentido contrario al que estaba acostumbrado. Castañeda lo hizo así, seguro de que estaba aprendiendo un valioso instrumento de poder.

Meses después, comentó con su maestro que gracias a aquella práctica mágica, estaba aprendiendo más rápido que antes.

—Al invertir la dirección del cinturón, transformé la energía negativa en positiva —dijo.

El maestro dio sonoras carcajadas.

—¡Los cinturones nunca han modificado la energía! Te mandé a hacer esto para que, siempre que te pusieras los pantalones, recordaras que estás en un aprendizaje mágico. Fue la consciencia del aprendizaje, y no el cinturón, lo que te hizo crecer.

Un maestro tenía centenas de discípulos. Todos rezaban a la misma hora. Excepto uno, que vivía borracho.

El día de su muerte, el maestro llamó al discípulo borracho y le transmitió secretos ocultos.

Los otros se rebelaron.

—¡Qué vergüenza! —decían—. Nos sacrificamos por un maestro equivocado, que no sabe ver nuestras cualidades.

Dijo el maestro:

—Tenía que transmitirle estos secretos a un hombre que conociera bien. Los que parecen muy virtuosos generalmente esconden la vanidad, el orgullo, la intolerancia. Por eso escogí al único discípulo en el que podía ver un defecto, la embriaguez.

DEL PADRE CISTERCIENSE Marcos García:

A veces Dios nos quita una determinada bendición para que la persona pueda comprenderlo más allá de los favores y las peticiones. Él sabe hasta qué punto puede probar un alma, y nunca va más allá de este punto.

En estos momentos, jamás digamos «Dios me abandonó». Él jamás lo hace: somos nosotros los que podemos, a veces, abandonarlo. Si el Señor nos presenta una gran prueba, también nos dará siempre las gracias suficientes —más que suficientes, diría yo— para superarla.

Cuando nos sentimos lejos de Su rostro, debemos preguntarnos: ¿estamos sabiendo aprovechar lo que Él puso en nuestro camino?

A veces pasamos días o semanas enteras sin recibir ningún gesto de cariño del prójimo. Son períodos difíciles, cuando el calor humano desaparece y la vida se resume a un arduo esfuerzo de supervivencia.

Dice el maestro:

Debemos examinar nuestra propia chimenea. Debemos colocar más leña e intentar iluminar la sala oscura en que se ha transformado nuestra vida. Cuando escuchemos nuestro fuego crepitando, la madera que estalla, las historias que cuentan las llamas, la esperanza que recuperaremos.

Si somos capaces de amar, también podremos ser amados. Es simplemente cuestión de tiempo.

Alguien rompió un vaso durante la cena.

—Es señal de buena suerte —comentaron.

Todos los presentes conocían esta tradición.

—¿Por qué es señal de buena suerte? —preguntó un rabino que formaba parte del grupo.

—No sé —dijo la mujer del viajero—. Tal vez sea una antigua manera de hacer sentir al huésped siempre a gusto.

—Esa no es la explicación correcta —respondió el rabino—. Ciertas tradiciones judaicas dicen que cada hombre tiene una cuota de suerte, que va usando conforme transcurre su vida. Puede hacer que esta suerte rinda intereses, si la usa solo para las cosas que necesita, o puede desperdiciarla inútilmente.

»También nosotros, los judíos, decimos «buena suerte» cuando alguien rompe un vaso. Pero esto significa: qué bueno que no desperdiciaste tu suerte tratando de evitar que este vaso se rompiera. Así podrás usarla en cosas más importantes.

El padre Abraham supo que cerca del monasterio de Sceta había un ermitaño con fama de sabio.

Fue a buscarlo y le preguntó:

—Si encontrara una bella mujer en su cama, ¿podría pensar que no es una mujer?

—No —respondió el sabio—, pero conseguiría controlarme.

El padre continuó:

—Y si viera monedas de oro en el desierto, ¿lograría ver ese oro como si fueran piedras?

—No —dijo el sabio—, pero conseguiría controlarme para no tomarlas.

El padre Abraham insistió:

—Y si lo buscaran dos hermanos, uno que lo odia y otro que lo ama, ¿conseguiría creer que ambos son iguales?

Dijo el sabio:

—Incluso sufriendo por dentro, yo trataría al que me ama de la misma manera que al que me odia.

—Voy a explicarles lo que es un sabio —dijo el padre a sus novicios cuando regresó—. Es aquel que, en lugar de matar sus pasiones, consigue controlarlas.

W. Frasier escribió durante toda su vida sobre la conquista del Oeste norteamericano. Orgulloso de ostentar en su currículum el guion de una película estelarizada por Gary Cooper, cuenta que pocas veces en su vida se aburrió.

«Aprendí muchas cosas de los pioneros norteamericanos —dice—. Luchaban contra los nativos, cruzaban desiertos, buscaban agua y comida en regiones remotas. Y todos los registros de la época muestran una característica curiosa: los pioneros solo escribían o conversaban sobre cosas buenas. En vez de quejarse, componían música y hacían bromas sobre las dificultades enfrentadas. Así conseguían apartar el desaliento y la depresión. Y hoy, a mis ochenta y ocho años, procuro comportarme de esa forma».

El texto es una adaptación de un poema de John Muir:

Quiero dejar mi alma libre para que pueda disfrutar de todos los dones que poseen los espíritus.

Cuando esto sea posible, no intentaré conocer los cráteres de la luna, ni seguir los rayos del sol hasta su fuente. No buscaré entender la belleza de la estrella, o la desolación artificial del ser humano.

Cuando aprenda a liberar mi alma, seguiré a la aurora, y buscaré regresar con ella a través del tiempo.

Cuando aprenda a liberar mi alma, me sumergiré en las corrientes magnéticas que desaguan en un océano donde todas las aguas se cruzan y forman el Alma del mundo.

Cuando aprenda a liberar mi alma, procuraré leer la espléndida página de la Creación desde el principio.

Uno de los símbolos del cristianismo es la figura del pelícano. La explicación es simple: ante la total ausencia de comida, el pelícano se abre el pecho con el pico y ofrece su propia carne a los pichones.

Dice el maestro:

Muchas veces somos incapaces de entender las bendiciones que recibimos. Muchas veces no nos damos cuenta de lo que Él hace para mantenernos espiritualmente alimentados.

Dice el cuento que, durante un invierno riguroso, un pelícano consiguió sobrevivir por unos días a su sacrificio personal ofreciendo su propia carne a sus hijos. Cuando finalmente muere de debilidad, uno de los pichones comenta con otro:

—Menos mal. Ya estaba cansado de comer todos los días lo mismo.

Si estás insatisfecho con algo, aunque sea algo bueno, que te gustaría hacer y no logras, para de inmediato.

Si las cosas no avanzan, solo hay dos explicaciones: o tu perseverancia está siendo puesta a prueba o necesitas cambiar de rumbo.

Para descubrir cuál de las opciones es correcta —ya que son actitudes opuestas—, usa el silencio y la oración. Poco a poco, las cosas se irán aclarando misteriosamente, hasta que tengas fuerzas suficientes para elegir.

Una vez tomada la decisión, olvida por completo la otra posibilidad. Y sigue adelante, porque Dios es el Dios de los valientes.

Dijo Domingo Sabino:

«Todo siempre acaba bien al final. Si las cosas no están bien, es porque tú todavía no llegas al final».

El compositor Nelson Motta estaba en Bahía cuando decidió visitar a la Mãe Menininha do Gantois. Tomó un taxi y, en el camino, el chofer se quedó sin frenos. El auto rodó por la autopista, pero, además del susto, no pasó nada grave.

Al encontrarse con la Mãe Menininha, lo primero que Nelson le contó fue el casi accidente en medio del camino.

—Hay ciertas cosas que ya están escritas, pero Dios nos da la oportunidad de pasar por ellas sin ningún problema serio —dijo ella—. Es decir, era parte de tu destino un accidente de automóvil en este momento de la vida. Pero como puedes ver —concluyó la Mãe Menininha— sucedió todo, y no sucedió nada.

—Faltó algo en su charla sobre el Camino de Santiago —le dice una peregrina al viajero en cuanto salen de la conferencia—. He notado que la mayoría de los peregrinos, en el Camino de Santiago o en los caminos de la vida, siempre tratan de seguir el ritmo de los demás.

»Al inicio de mi peregrinación, intentaba ir con mi grupo. Me cansaba, exigía a mi cuerpo más de lo que podía dar, vivía tensa, y acabé teniendo problemas en los tendones del pie izquierdo.

»Imposibilitada para caminar por dos días, entendí que solo conseguiría llegar a Santiago si obedecía mi ritmo personal.

»Tardé más que los otros, tuve que andar sola un largo trecho, pero fue solo porque respeté mi propio ritmo que conseguí completar el camino.

»Desde entonces, aplico esto a todo lo que tengo que hacer en la vida.

Creso, rey de Lidia, estaba decidido a atacar a los persas. Pero, con todo, decidió consultar un oráculo griego.

—Estás destinado a destruir un gran imperio —dijo el oráculo.

Contento, Creso declaró la guerra. Después de dos días de lucha, Lidia fue invadida por los persas, su capital saqueada, y el propio Creso hecho prisionero. Agitado, pidió a su embajador en Grecia que volviese al oráculo para decir que los habían engañado.

—No, no los engañaron —respondió el oráculo al embajador—. Ustedes destruyeron un gran imperio: Lidia.

Dice el maestro: el lenguaje de las señales está frente a nosotros para enseñarnos la mejor manera de actuar. Sin embargo, muchas veces intentamos distorsionar estas señales de modo que estas «concuerden» con lo que de todos modos queremos hacer.

Buscaglia cuenta la historia del cuarto rey mago, que también vio la estrella brillar sobre Belén, pero siempre llegaba tarde a los lugares donde Jesús podría estar, porque los pobres y miserables vivían pidiendo su ayuda.

Después de más de treinta años siguiendo los pasos de Jesús por Egipto, Galilea y Betania, el rey mago llega a Jerusalén. Es demasiado tarde: el niño ya se transformó en hombre y está siendo crucificado aquel día. El rey había comprado perlas para Cristo pero tuvo que venderlas casi todas para ayudar a las personas que se encontró en su camino. Sobró únicamente una perla, y el Salvador estaba ya muerto.

—Fallé en la misión de mi vida —pensó el rey mago.

En ese momento escuchó una voz:

—Al contrario de lo que piensas, tú me encontraste durante toda tu vida. Yo estaba desnudo y me vestiste. Tuve hambre y me diste de comer. Estuve preso y me visitaste. Estaba en todos los pobres de tu camino. Muchas gracias por tantos regalos de amor.

Un cuento de ciencia ficción habla de una sociedad donde casi todos nacían preparados para una tarea: técnicos, ingenieros o mecánicos. Unos pocos nacían sin ninguna habilidad; a ellos los enviaban a un manicomio, ya que solo los locos eran incapaces de contribuir en algo a la sociedad.

Uno de los locos se rebela. El manicomio tiene una biblioteca, y él intenta aprender todo lo que puede sobre la ciencia y el arte.

Cuando cree que ya sabe lo suficiente, decide huir, pero lo capturan y lo llevan a un centro de estudios fuera de la ciudad.

—Bienvenido seas —dice uno de los encargados del centro—. Justamente, las personas a las que más admiramos son las que se ven forzadas a descubrir su propio camino. A partir de ahora, haz lo que quieras, pues el mundo avanza por la gente como tú.

Antes de partir para un largo viaje, el comerciante fue a despedirse de su esposa.

—Nunca me has dado un regalo que esté a mi altura —dijo ella.

—Mujer ingrata, todo lo que te di me costó años de trabajo —respondió el hombre—. ¿Qué más podría darte?

—Algo que fuese tan bello como yo.

Durante dos años la mujer esperó su regalo.

Finalmente el comerciante regresó.

—Conseguí encontrar algo que fuera tan bello como tú —dijo él—. Lloré ante tu ingratitud, pero decidí cumplir tu deseo. He pensado todo este tiempo qué presente sería tan bello como tú, y terminé encontrándolo.

Y extendió a su mujer un pequeño espejo.

El filósofo alemán F. Nietzsche dijo cierta vez: «No vale la pena vivir discutiéndolo todo; es parte de la condición humana equivocarse de vez en cuando».

Dice el maestro:

Hay personas que hacen de estar en lo correcto, hasta en los detalles menores, una misión. Nosotros mismos, muchas veces, no nos permitimos equivocarnos.

Lo que conseguimos con esta actitud es el pavor de seguir adelante.

El miedo a equivocarnos es la puerta que nos encierra en el castillo de la mediocridad. Si conseguimos vencer este miedo, damos un paso importante hacia nuestra libertad.

Un novicio preguntó al padre Nisteros, del monasterio de Sceta:

—¿Qué cosas que debo hacer para agradar a Dios?

—Abraham aceptaba a los extraños, y Dios se alegró. A Elías no le gustaban los extraños y Dios se alegró. David estaba orgulloso de lo que hacía, y Dios se alegró. El publicano[1] frente al altar sentía vergüenza de lo que hacía, y Dios se alegró. Juan Bautista fue al desierto, y Dios se alegró. Jonás se marchó a la gran ciudad de Nínive, y Dios se alegró.

»Pregúntale a tu alma qué quiere hacer.

Cuando el alma camina de acuerdo con sus sueños, alegra a Dios.

---

1 Para los romanos, arrendador de los impuestos o rentas públicas, y de las minas del Estado. N. de la T.

Un maestro budista viajaba a pie con sus discípulos, cuando se dio cuenta de que discutían entre sí quién era el mejor entre ellos.

—Practico la meditación desde hace quince años —decía uno.

—Hago caridad desde que salí de casa de mis padres —decía otro.

—Siempre seguí las enseñanzas de Buda —decía un tercero.

Al mediodía, se detuvieron a descansar debajo de un manzano. Las ramas estaban cargadas, y se arrastraban hasta el suelo por el peso de las frutas.

Entonces el maestro habló:

—Cuando un árbol está cargado de frutos, sus ramas se inclinan y tocan el suelo. De manera que el verdadero sabio es humilde.

»Cuando un árbol no tiene frutos, sus ramas son arrogantes y altivas. Así mismo, el tonto siempre se cree mejor que su prójimo.

En la última cena, Jesús acusó, con la misma gravedad —y en la misma frase—, a dos de sus apóstoles. Ambos habían cometido los pecados previstos por Jesús. Judas Iscariote se dio cuenta y se condenó. Pedro también se dio cuenta, después de negar tres veces todo aquello en lo que creía.

Pero en el momento decisivo, Pedro entendió el verdadero significado del mensaje de Jesús. Pidió perdón y siguió de frente, aunque humillado.

Él también podría haber elegido el suicidio. En vez de eso, encaró a los demás apóstoles, y debió haber dicho algo así: «OK, hablen de mi error mientras dure la raza humana, pero déjenme corregirlo».

Pedro entendió que el Amor perdona. Judas jamás entendió nada.

Un famoso escritor caminaba con un amigo cuando un muchacho atravesó la calle sin notar un camión que venía a toda velocidad. El escritor, en una fracción de segundo, se lanzó frente al vehículo y logró salvarlo. Pero antes de que lo felicitaran por el acto heroico, dio una cachetada al chico:

—No te dejes engañar por las apariencias, hijo —dijo—. Solo te salvé para que no puedas evitar los problemas que tendrás de adulto.

Dice el maestro:

A veces tenemos vergüenza de hacer el bien. Nuestros sentimientos de culpa intentan siempre decirnos que, cuando actuamos con generosidad, estamos intentando impresionar a los demás, «sobornar» a Dios, etcétera. Parece difícil aceptar que nuestra naturaleza es esencialmente buena. Cubrimos los gestos buenos con ironía y desdén, como si el amor fuera sinónimo de debilidad.

Él miró la mesa, pensando en el mejor símbolo de su paso por la Tierra. Tenía frente a sí las granadas de Galilea, las especias de los desiertos del Sur, los frutos secos de Siria, los dátiles de Egipto.

Debió haber extendido su mano para consagrar una de estas cosas, cuando, de repente, recordó que el mensaje que traía era para todos los hombres en todos los lugares. Y tal vez las granadas y los dátiles no existían en determinadas partes del mundo.

Miró a su alrededor y se le ocurrió otra idea: en las granadas y los dátiles, en las frutas, en milagro de la creación se manifestaba por sí mismo, sin ninguna interferencia del ser humano.

Entonces tomó el pan, dio las gracias, lo partió y lo dio a sus discípulos diciendo:

«Tomad y comed todos de Él, porque este es mi cuerpo».

Porque el pan estaba en todos lados. Y porque el pan, al contrario de los dátiles, de las granadas y de los frutos secos de Siria, eran el mejor símbolo del camino hacia Dios.

El pan era el fruto de la tierra Y DEL TRABAJO del hombre.

El malabarista se detiene en medio de la plaza, toma tres naranjas y comienza a lanzarlas hacia arriba. La gente se reúne a su alrededor, presta atención a la gracia y la elegancia de sus gestos.

—La vida es más o menos así —comenta alguien al viajero—. Tenemos siempre una naranja en cada mano, y una en el aire, y ahí radica toda la diferencia. La arrojaron con habilidad y experiencia, pero toma su propio rumbo.

Así como el malabarista, lanzamos un sueño al mundo y no siempre tenemos control sobre él. En ese momento, es necesario saber entregarlo a Dios y pedir que cumpla con dignidad su recorrido y caiga, realizado, en nuestras manos.

Uno de los más poderosos ejercicios de crecimiento interior consiste en prestar atención a las cosas que hacemos automáticamente, como respirar, pestañear o fijarnos en las cosas que están a nuestro alrededor.

Cuando hacemos esto, permitimos que nuestro cerebro trabaje con más libertad, sin la interferencia de nuestros deseos. Ciertos problemas que parecían irresolubles terminan siendo resueltos; ciertas obras que juzgábamos insuperables terminan disipándose sin esfuerzo.

Dice el maestro:

Cuando te enfrentes a una decisión difícil, procura usar esta técnica. Exige un poquito de disciplina pero los resultados son sorprendentes.

Un sujeto está en el mercado vendiendo vasijas. Una mujer se acerca y mira la mercancía. Algunas piezas no tienen adornos; otras están decoradas con todo cuidado.

La mujer pregunta el precio de las vasijas. Para su sorpresa, descubre que todos cuestan lo mismo.

—¿Cómo es que el recipiente decorado puede costar lo mismo que uno simple? —pregunta a ella—. ¿Por qué cobrar igual por un trabajo que tomó más tiempo para hacerse?

—Soy un artista —responde el vendedor—. Puedo cobrar por la pieza que hice pero no puedo cobrar por la belleza. La belleza es gratis.

El viajero se sentía solo al salir de una misa. De repente, lo abordó un amigo:

—Tengo gran necesidad de hablar contigo —dijo él.

El viajero vio en aquel encuentro una señal, y quedó tan entusiasmado que comenzó a conversar sobre todo lo que consideraba importante. Habló de las bendiciones de Dios, del amor, dijo que el amigo era una señal de su ángel, pues se sentía solitario minutos atrás y ahora tenía compañía.

El otro escuchó todo en silencio, dio las gracias y se fue.

En vez de alegría, el viajero se sintió más solo que nunca. Más tarde, se dio cuenta de que en su entusiasmo no había prestado atención a la petición de aquel amigo: hablar.

El viajero miró al suelo y vio sus palabras tiradas en la calzada, porque el Universo quería otra cosa en aquel momento.

Tres hadas recibieron la invitación al bautizo de un príncipe. La primera le concedió el don de encontrar a su amor. La segunda le dio dinero para hacer lo que quisiera. La tercera le dio belleza.

Pero, como en todo cuento infantil, apareció la bruja. Furiosa por no haber sido invitada, lanzó la maldición:

—Porque ya tienes todo, te daré aún más. Serás talentoso en todo lo que hagas.

El príncipe creció bello, rico y enamorado, pero jamás consiguió cumplir su misión en la Tierra. Era excelente pintor, escultor, escritor, músico, matemático, pero no lograba terminar ninguna tarea porque se distraía rápido y quería hacer otra cosa diferente.

Dice el maestro:

Todos los caminos van al mismo lugar. Pero elige el tuyo y ve hasta el final; no intentes recorrer todos los caminos.

UN TEXTO ANÓNIMO del siglo XVIII habla de un monje ruso que buscaba un guía espiritual.

Un día le dijeron que en cierta aldea había un ermitaño que se dedicaba día y noche a la salvación de su alma. Al escuchar esto, el monje fue a buscar al santo.

—Quiero que me guíe en los caminos del alma —dijo el monje.

—El ama tiene su propio camino, y el ángel la guía —respondió el ermitaño—. Reza sin cesar.

—No sé rezar de esta manera. Quiero que me enseñe.

—Si no sabes rezar incesantemente, entonces reza pidiendo a Dios que te enseñe a rezar incesantemente.

—Señor, no me está enseñando nada —respondió el monje.

—No hay nada que enseñar porque no se puede transmitir la Fe tal como se transmiten los conocimientos de matemáticas. Acepta el misterio de la Fe y el Universo se revelará.

Dice Antonio Machado:
> Caminante, son tus huellas
> el camino y nada más;
> Caminante, no hay camino,
> se hace camino al andar.
> Al andar se hace el camino,
> y al volver la vista atrás
> se ve la senda que nunca
> se ha de volver a pisar.
> Caminante no hay camino
> sino estelas en la mar.

Dice el maestro:

Escribe. Así sea una carta o un diario, o alguna anotación mientras hablas por teléfono, pero escribe.

Escribir nos acerca a Dios y al prójimo.

Si quieres entender mejor tu papel en el mundo, escribe. Procura dejar tu alma por escrito, aunque nadie lea; o, lo que es peor, aunque alguien termine leyendo lo que no querías. El simple hecho de escribir nos ayuda a organizar el pensamiento y ver con claridad lo que nos rodea. Un papel y una pluma hacen milagros: curan dolores, consolidan sueños, llevan y traen la esperanza perdida.

La palabra tiene poder.

Los monjes del desierto afirmaban que era necesario dejar que la mano del ángel actuara. Para esto, de vez en cuando hacían cosas absurdas, como hablar con las flores o reír sin razón. Los alquimistas siguen «las señales de Dios»: pistas que muchas veces no tienen sentido, pero que terminan llevando a algún lugar.

Dice el maestro:

No tengas miedo de que te tilden de loco: haz algo que no concuerde con la lógica que aprendiste. Llévale un poco la contra a la seriedad que te enseñaron. Este pequeño detalle, por menor que sea, puede abrir puertas para tener una gran aventura, humana y espiritual.

Un sujeto está manejando un lujoso Mercedes Benz cuando se le pincha un neumático. Al intentar cambiarlo, descubre que le falta el gato.

—Bueno, voy hasta la primera casa y pido uno prestado —piensa en voz alta, mientras camina en busca de ayuda—. Tal vez el sujeto, al ver mi carro, quiera cobrarme algo por el gato —dice para sí mismo—. Un carro como este, y yo necesitando un gato. Se va a aprovechar, me va a cobrar diez dólares. No, tal vez cobre cincuenta, porque sabe que necesito un gato. Tal vez se va a aprovechar, tal vez cobre cien dólares.

Y, a medida que camina, el precio va subiendo.

Cuando llega a la casa y el dueño abre la puerta, el sujeto grita:

—¡Es usted un ladrón! ¡Un gato no vale tanto! ¡Puede quedárselo!

¿Quién de nosotros puede afirmar que nunca se ha comportado de esa manera?

MILTON ERICKSSON es el creador de una terapia que ganó millares de adeptos en los Estados Unidos. A los doce años fue víctima de poliomielitis. Diez meses después de contraer la enfermedad, escuchó a un médico decirles a sus padres:

—Su hijo no pasa de esta noche.

Ericksson, enseguida, escuchó el llanto de su madre.

«¿Quién sabe?, si paso de esta noche, tal vez ella no sufra tanto», pensó.

Y decidió dormir hasta que el día despuntara.

Por la mañana, gritó a su mamá:

—¡Sigo vivo!

La alegría en casa fue tanta que, a partir de ahí, decidió siempre resistir otro día, para evitar el sufrimiento de sus padres.

Murió a los setenta y cinco años, en 1990, dejando una serie de libros importantes sobre la enorme capacidad que el hombre posee para vencer sus propias limitaciones.

—Santo varón —dijo un novicio al padre Pastor—, tengo el corazón lleno de amor por el mundo, y el alma limpia de las tentaciones del demonio. ¿Cuál es el siguiente paso?

El padre pidió que el discípulo lo acompañara a visitar a un enfermo que necesitaba una extremaunción.

Después de confortar a la familia, el padre se dio cuenta de que en una de las esquinas de la casa había un baúl.

—¿Qué hay dentro de ese baúl? —preguntó.

—La ropa que mi tío nunca usó —dijo el sobrino del enfermo—. Siempre pensó que surgiría la ocasión correcta para vestirla, pero terminó por pudrirse ahí dentro.

—No olvides ese baúl —dijo el padre Pastor a su discípulo cuando salieron—. Si tienes tesoros espirituales en tu corazón, concrétalos ahora. O se pudrirán.

Los místicos dicen que cuando comenzamos nuestro camino espiritual queremos hablar mucho con Dios, y terminamos por no escuchar lo que Él tiene para decirnos.

Dice el maestro:

Relájate un poco. No es fácil; tenemos la necesidad natural de hacer siempre lo correcto, y creemos que vamos a conseguirlo si trabajamos sin cesar.

Es importante intentar, caer, levantarse y seguir adelante. Pero vamos a dejar que Dios nos ayude. En medio de un gran esfuerzo, vamos a mirarnos a nosotros mismos, a dejar que Él se revele y nos guíe.

Vamos a permitir que, de vez en cuando, Él nos acoja en su regazo.

A un padre del monasterio de Sceta lo fue a buscar un joven que quería seguir el camino espiritual.

—Por un año, paga una moneda a quien te agreda —dijo el padre.

Durante doce meses, el muchacho pagó una moneda siempre que lo agredían. Al final del año, volvió con el padre para saber el siguiente paso.

—Ve hasta la ciudad a comprar comida para mí —dijo.

En cuanto el muchacho salió, el padre se disfrazó de mendigo y, tomando un atajo que conocía, fue hasta las puertas de la ciudad. Cuando el muchacho se acercó, comenzó a insultarlo.

—¡Qué bien! —dijo el muchacho al falso mendigo—. Durante un año entero tuve que pagar a todos los que me agredían, ¡y ahora puedo ser insultado de gratis, sin gastar nada!

Oyendo esto, el padre se quitó su disfraz.

—Estás listo para el próximo paso, porque sabes reírte de los problemas —dijo.

El viajero caminaba con otros dos amigos por las calles de Nueva York. De repente, y en medio de una conversación banal, los dos comenzaron a discutir y casi se fueron a los golpes.

Más tarde, ya con los ánimos serenos, se sentaron en un bar. Uno de ellos pidió disculpas al otro:

—Me he dado cuenta de que es mucho más fácil herir a las personas más cercanas —dijo—. Si tú fueras un extraño, yo me habría controlado mucho más.

»Sin embargo, justamente por el hecho de ser amigos —y de que me entiendes mejor que nadie—, terminé por ser mucho más agresivo. Esa es la naturaleza humana.

Tal vez esta sea la naturaleza humana.

Pero vamos a luchar contra eso.

HAY MOMENTOS EN que nos gustaría mucho ayudar a cierta persona, pero no podemos hacer nada. O las circunstancias no permiten que nos acerquemos, o la persona está cerrada a cualquier gesto de solidaridad y apoyo.

Dice el maestro: nos queda el amor. En los momentos en los que todo lo demás es inútil todavía podemos amar, sin esperar recompensas, cambios, agradecimientos.

Si conseguimos actuar de esta manera, la energía del amor comienza a transformar el Universo a nuestro alrededor. Cuando esta energía aparece, siempre logra realizar su cometido.

El poeta John Keats (1795-1821) ofrece una bella definición de *poesía*. Si queremos, podemos entenderla también como una definición de *vida*:

La poesía nos debe sorprender por su delicado exceso, y no porque es diferente. Los versos deben tocar a nuestro prójimo como si fuesen sus propias palabras, como si estuviera recordando algo que, en la noche de los tiempos, ya conocía en su corazón.

La belleza de un poema no está en la capacidad que tiene de dejar al lector contento. La poesía es siempre una sorpresa, capaz de dejarnos sin respiración por algunos momentos. Debe permanecer en nuestras vidas como la puesta de sol: algo milagroso y natural al mismo tiempo.

AÑOS ATRÁS, en una época de profunda negación de la fe, el viajero estaba con su esposa y una amiga en Río de Janeiro. Había bebido un poco, cuando llegó un viejo compañero, con quien había compartido las locuras de los años sesenta y setenta.

—¿Qué estás haciendo? —preguntó el viajero.

—Soy padre —respondió el amigo.

Al salir del restaurante, el viajero señaló a un niño que dormía en la calle.

—¿Ves cómo se preocupa Jesús por el mundo? —dijo.

—Claro que lo veo —respondió el padre—. Él puso a este niño frente a ti y se encargó de que lo vieras para que pudieras hacer algo.

Un grupo de sabios judíos se reunió para intentar crear la Constitución más pequeña del mundo. Si, en el espacio de tiempo que le toma a un hombre equilibrarse en un solo pie, alguien fuese capaz de definir las leyes que debían regir el comportamiento humano, sería considerado el mayor de los sabios

—Dios castiga a los criminales —dijo uno.

Los demás argumentaron que esto no era una ley, sino una amenaza; no aceptaron la sentencia.

En ese momento se acercó el rabino Hillel. Y colocándose sobre un pie, dijo:

—No hagas a tu prójimo aquello que detestarías que te hicieran a ti; esta es la Ley. Todo lo demás son comentarios jurídicos.

Y el rabino Hillel fue considerado el mayor sabio de su tiempo.

El escritor G. Bernard Shaw, al reparar en un gran bloque de piedra en la casa de su amigo, el escultor J. Epstein, preguntó:

—¿Qué vas a hacer con este bloque?

—No sé, todavía estoy decidiendo —respondió Epstein.

Shaw se sorprendió:

—¿Quieres decir que planeas tu inspiración? Sabes que un artista debe ser libre para cambiar de idea cuando lo desea.

—Eso funciona cuando, al cambiar de idea, todo lo que tienes que hacer es arrugar una hoja de papel que pesa cinco gramos. Pero quien lidia con un bloque de cuatro toneladas tiene que pensar diferente —fue la respuesta de Epstein.

Dice el maestro:

Cada uno de nosotros sabe la manera de realizar mejor su trabajo. Solo quien tiene una tarea conoce sus dificultades.

El padre Juan Pequeño pensó: «Debo ser igual a los ángeles, que nada hacen y viven contemplando la gloria de Dios». Aquella noche abandonó el monasterio de Sceta y se fue al desierto.

Una semana después, regresó al monasterio. El hermano portero lo escuchó tocar la puerta y preguntó quién era.

—Soy el padre Juan —respondió—. Tengo hambre.

—No puede ser —dijo el hermano portero—. El padre Juan está en el desierto, transformándose en ángel. Ya no siente hambre y no necesita trabajar para sustentarse.

—Perdona mi orgullo —respondió el padre Juan—. Los ángeles ayudan a los hombres. Este es su trabajo, y por eso contemplan la gloria de Dios. Yo puedo contemplar la misma gloria si hago mi trabajo diario.

Al escuchar las palabras de humildad, el hermano portero abrió la puerta del monasterio.

De las poderosas armas de destrucción que el hombre fue capaz de inventar, la más terrible —y la más cobarde—es la palabra.

Los puñales y las armas de fuego dejan rastros de sangre. Las bombas destruyen edificios y calles. Los venenos terminan por detectarse.

Dice el maestro:

La palabra logra destruir sin pistas. Los niños son condicionados durante años por los padres, los hombres son criticados sin misericordia, las mujeres son sistemáticamente humilladas por comentarios de sus maridos. Los fieles son mantenidos lejos de la religión por aquellos que se juzgan capaces de interpretar la voz de Dios.

Intenta ver si tú estás usando esta arma. Intenta ver si están utilizando esta arma contra ti. Y no permitas ninguna de esas dos cosas.

WILLIAMS INTENTA DESCRIBIR una situación muy curiosa:

Imaginemos que la vida es perfecta. Estás en un mundo perfecto, con personas perfectas, tienes todo lo que quieres, y todo el mundo hace todo bien, en el momento correcto. En este mundo tienes todo lo que deseas, solo lo que deseas, exactamente como lo soñaste. Y puedes vivir cuantos años quieras.

Imagina que, después de cien o doscientos años, te sientas en un banco inmaculadamente limpio, frente a un escenario magnífico, y piensas: «¡Qué aburrido! ¡Falta emoción!».

En ese momento, notas un botón rojo frente a ti, tiene escrito: ¡SORPRESA!

Después de considerar todo lo que significa esa palabra, ¿aprietas el botón? ¡Claro! Entonces entras en un túnel negro y sales al mundo que estás viviendo en este momento.

Una leyenda del desierto cuenta la historia de un hombre que iba a mudarse de oasis y comenzó a cargar su camello. Puso encima de él los tapetes, los utensilios de cocina, los baúles de ropa. Y el camello aguantaba todo. Cuando iba saliendo, recordó una hermosa pluma azul que su padre le había regalado.

Decidió tomarla y la colocó encima del camello.

En ese momento, el animal cayó bajo el peso y murió.

«Mi camello no debe haber aguantado el peso de una pluma», debió pensar el hombre.

A veces pensamos lo mismo de nuestro prójimo, sin entender que nuestra broma pudo haber sido la gota que desbordó el vaso de su sufrimiento.

—A VECES LA GENTE se acostumbra a lo que ve en las películas y termina por olvidar la verdadera historia —dice alguien al viajero, mientras este observa el puerto de Miami—. ¿Recuerdas *Los diez mandamientos*?

—Claro. Moisés, interpretado por Charlton Heston, en determinado momento levanta su báculo. Las aguas se dividen y el pueblo hebreo las atraviesa.

—En la Biblia es diferente —comenta el otro—. Ahí, Dios ordena a Moisés: «Di a los hijos de Israel que se pongan en marcha». Y solo cuando comienzan a andar, Moisés levanta el báculo y el mar Rojo se abre.

Porque solo el valor en el camino hace que el camino se manifieste.

Este fragmento es obra de el violonchelista Pablo Casals:

Estoy siempre renaciendo. Cada nueva mañana es el momento de recomenzar a vivir. Hace ochenta años que empiezo mi día de esta manera, y esto no significa una rutina mecánica, sino algo esencial para mi felicidad.

Despierto, voy al piano, toco dos preludios y una fuga de Bach. Esta música funciona como una bendición para mi casa. Pero también es una manera de retomar el contacto con el misterio de la vida, con el milagro de ser parte de la raza humana.

Aunque haga esto desde hace ochenta años, la música que toco nunca es la misma: siempre me enseña algo nuevo, fantástico, increíble.

DICE EL MAESTRO:

Por un lado, sabemos que es importante buscar a Dios. Por el otro, la vida nos aleja de Él; nos sentimos ignorados por la Divinidad, o estamos ocupados con nuestra vida cotidiana. Esto nos produce un sentimiento de culpa: o creemos que estamos renunciando demasiado a la vida a causa de Dios, o creemos que estamos renunciando demasiado a Dios a causa de la vida.

Esta aparente contradicción es una fantasía: Dios está en la vida, la vida está en Dios. Basta tener esta consciencia para entender mejor el destino. Si conseguimos penetrar la armonía sagrada de nuestra cotidianidad, estaremos siempre en el camino correcto, y cumpliremos nuestra tarea.

La frase es de Pablo Picasso:

«Dios es artista. Él inventó la jirafa, el elefante y la hormiga. En realidad, Él nunca buscó seguir un estilo, simplemente fue haciendo todo lo que quería hacer».

Dice el maestro:

Cuando comenzamos a recorrer nuestro camino, un enorme pavor nos invade; nos sentimos obligados a hacer todo correctamente. Pero, ya que cada uno tiene una vida única, ¿quién inventó el molde de «todo correctamente»? Dios hizo la jirafa, el elefante y la hormiga. ¿Por qué necesitamos seguir un modelo?

El modelo solo sirve para mostrar cómo los otros definen sus propias realidades. Muchas veces admiramos los modelos de los demás, y muchas veces podemos evitar errores que otros cometieron.

Pero en cuanto a vivir, bueno, solo nosotros tenemos la competencia para hacerlo.

Varios judíos piadosos rezaban en una sinagoga cuando comenzaron a escuchar una voz infantil que decía: «A, B, C, D».

Intentaron concentrarse en los versos sagrados, pero la voz repetía: «A, B, C, D».

Poco a poco, fueron dejando de rezar. Cuando miraron hacia atrás, vieron un niño que continuaba diciendo:

—A, B, C, D.

El rabino se acercó al muchachito:

—¿Por qué haces esto? —preguntó.

—Porque no me sé los versos sagrados —respondió el niño—. Tengo la esperanza de que, al recitar el alfabeto, Dios tome las letras y forme las palabras correctas.

—Gracias por la lección —dijo el rabino—. Y que yo pueda entregar a Dios mis días en esta Tierra como tú entregas tus letras.

Dice el maestro:

El espíritu de Dios presente en nosotros puede describirse como una pantalla de cine. Por ahí pasan diferentes situaciones: gente que ama, gente que se separa, tesoros descubiertos, países distantes que se revelan.

No importa qué película está siendo proyectada: la pantalla siempre es la misma. No importa si las lágrimas corren, o si la sangre escurre: nada puede alcanzar la blancura de la pantalla.

Así como la pantalla de cine, Dios está ahí, detrás de toda agonía y éxtasis de la vida. Todos Lo veremos cuando nuestra película termine.

Un arquero caminaba por los alrededores de un monasterio hindú conocido por la dureza de sus enseñanzas cuando vio a los monjes en el jardín, bebiendo y divirtiéndose.

—Cómo son cínicos aquellos que buscan el camino de Dios —dijo el arquero en voz alta—. ¡Dicen que la disciplina es importante y se embriagan a escondidas!

—Si tú disparas cien flechas seguidas, ¿qué le pasaría a tu arco? —preguntó el mayor de los monjes.

—Mi arco se rompería —respondió el arquero.

—Si alguien va más allá de los propios límites, también rompe su voluntad —dijo el monje—. Quien no equilibra trabajo con descanso, pierde entusiasmo y no llega muy lejos.

Un rey mandó un mensajero hasta un país distante, llevando un acuerdo de paz para firmar. Para aprovechar el viaje, el mensajero les comunicó el hecho a algunos amigos que tenían negocios importantes en aquel país. Estos pidieron que el mensajero demorara algunos días y, a causa del acuerdo de paz, escribieron nuevas órdenes y cambiaron la estrategia de sus negocios.

Cuando el mensajero finalmente viajó, ya era tarde para el acuerdo que llevaba: la guerra estalló, destruyendo los planes del rey y los negocios de los comerciantes que retrasaron al mensajero.

Dice el maestro:

En la vida, solo importa una cosa: vivir nuestra Leyenda Personal, la misión que nos fue destinada. Pero siempre terminamos sobrecargándonos de ocupaciones inútiles, que al final destruyen nuestros sueños.

El viajero está en el puerto de Sídney, mirando el puente que une las dos partes de la ciudad, cuando se acerca un australiano y le pide que le lea un anuncio del periódico.

—Las letras son muy pequeñas —dice el recién llegado—. No logro entender y dejé mis lentes en casa.

El viajero tampoco tiene sus lentes de lectura.

Pide disculpas al hombre.

—Entonces es mejor olvidar este anuncio —dice él después de una pausa. Y, como desea continuar la plática, comenta—: No solo somos nosotros dos. Dios también tiene la vista cansada. No porque esté viejo, sino porque lo escogió así. De este modo, cuando alguien cercano a Él hace algo equivocado, Él no puede ver bien y, temiendo ser injusto, termina por perdonar a la persona.

—¿Y en cuanto a las cosas buenas? —pregunta el viajero.

—Bueno, Dios nunca olvida los lentes en casa —ríe el australiano, alejándose.

—¿Hay algo más importante que la oración? —preguntó el discípulo al maestro.

El maestro pidió al discípulo que fuera hasta un arbusto cercano y cortara una rama. El discípulo obedeció.

—¿El árbol continúa vivo? —preguntó el maestro.

—Tan vivo como antes —respondió el discípulo.

—Entonces ve y córtalo hasta la raíz —pidió el maestro.

—Si lo hago, el árbol morirá —dijo el discípulo.

—Las oraciones son las ramas de un árbol cuya raíz se llama fe —dijo el maestro—. Puede existir fe sin oración, pero no puede existir oración sin fe.

Santa Teresa de Ávila escribió:

Recuerda: el Señor nos invitó a todos y, como Él es pura verdad, no podemos dudar de esa invitación. Él dijo: «Venid a mí los que tienen sed, y yo os daré de beber».

Si la invitación no fuera para cada uno de nosotros, el Señor habría dicho: «Venid a mí todos los que queráis, porque no tenéis nada que perder. Pero yo daré de beber solo a aquellos que estén preparados».

Él no impuso ninguna condición. Basta caminar y querer, y todos recibirán el Agua Viva de su amor.

Los monjes zen se sientan frente a una roca cuando quieren meditar: «Ahora voy a esperar a que esta roca crezca un poco», piensan.

Dice el maestro:

Todo a nuestro alrededor está cambiando constantemente. Cada día el sol ilumina un mundo nuevo. Aquello que llamamos «rutina» está lleno de nuevas propuestas y oportunidades. Pero no notamos que cada día es diferente del anterior.

Hoy, en algún lugar, un tesoro te espera. Puede ser una pequeña sonrisa, puede ser una gran conquista, no importa. La vida está hecha de pequeños y grandes milagros. Nada es aburrido, porque todo cambia constantemente. El tedio no está en el mundo, sino en la manera en la que vemos el mundo.

Como escribió el poeta T. S. Eliot:

«Recorrer muchas calles

regresar a casa

y mirar todo como si fuera la primera vez».

Fotografía del autor: Xavier González

PAULO COELHO nació en Río de Janeiro en 1947 y es uno de los autores más vendidos e influyentes del mundo. *El Alquimista, Brida, La Quinta Montaña, Once minutos, El Zahir, La bruja de Portobello* y *Veronika decide morir,* entre otros, han vendido más de 320 millones de ejemplares en todo el mundo.

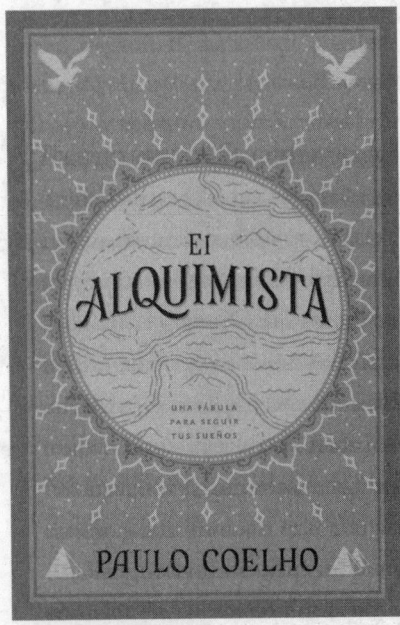

COLECCIÓN
PAULO COELHO

Encuéntrala en tu punto
de venta favorito